草木之心

王六成 著

长江出版传媒

长江文艺出版社

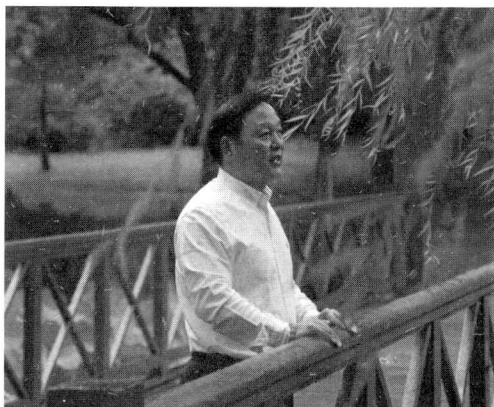

王六成

1967年出生，河北省磁县人，河北省作家协会会员，作品散见于报纸、杂志及自媒体平台。因喜欢诗，在太行山和漳河的母语中，苦苦找寻，与诗彼此成全。现自营一家实体公司。

把深情留在诗行间
（自序）

1986 年中秋，一个偶然的机会，我被选到镇政府机关食堂任管理员。食堂师傅姓吴，年长我十一岁，是地地道道的文学爱好者。那时，乡镇机关干部人员不是太多，干部们包村入户是家常便饭。所以，我们有充足的时间来读书学习，探讨文学。吴师傅常常紧锁眉头，沉思不语，有时会忽然放下手中的活计，跑宿舍里把琢磨出的诗句写下来，然后把写好的诗歌念给我听。他那神情是沉醉的，是美好的。我平时阅读的多是小说，诗歌读得少，后来吴师傅给我读诗读多了，我也把吴师傅订阅的《诗刊》和《星星》诗刊拿来读。他常常会讲诗人郁葱和刘小放。他常朗诵刘小放的《草民》和《我乡间的麦子》，他浓重的乡音、激动的表情、专注的眼神让我动容。我慢慢地也喜欢上了诗歌，懵懵懂懂中产生了写诗的冲动和激情。

那个时代真是文学的时代，当时镇文教部门分配来一位姬老师。姬老师是师范中文系毕业生，文学书籍读得多，文学功底深厚。于是，我们三人常常在一起谈诗论作。姬老师给我们指点语法和文学鉴赏方面的知识，探讨写作过程中遇到的问题。同时，在姬老师的提议下，我们成立了"清漳文学社"，目的是吸纳更多的文学爱好者加入进来，共同讨论文学。回想那个时代，我们三人在共同的文学梦想下，缔结下深厚的友情，那份友谊是纯粹的、纯真的、纯洁的，也是淳厚的。没有香烟，没有把酒问道，只是谈论文学，聆听吴师傅朗诵新作。然后，我们一起谈名著，谈人生、理想和未来，梦想有一天真的能够成为一名专业作家或诗人。现在想想，那份美好、那份甜蜜仍记忆犹新。

1988 年的春天，邯郸地区文联原副主席王玉生，秘书长、作家韩希钧，磁县文化馆专业创作人员刘天祥、赵学锋等一行人来镇里采风。那时候，我已调到镇党委办公室负责资料工作。由于工作关系和爱好使然，我负责他们一行人的衣食住行。除了同镇、村干部座谈外，闲暇之余，我常陪他们到镇的周边爬山、漳河边上散步。他们谈论更多的是文学，各抒己见，各抒情怀。他们对文学的那份情愫、那份认真，我铭记在心，对文学、对诗歌热爱更深。

岁月荏苒，弹指一挥间。三十多年过去了，当年的吴师傅、姬老师，他们的文学情怀不知是否依然？玉生副主席已驾鹤西去。希钧老师虽已古稀，但神采依然，虽无惊世大作，那份文学情怀一定在风雨中更加厚重。

唯独我，三十年如一日，常捧诗书，彻夜长读，对文学的挚爱，对诗歌的激情，对生活的纯真和热情，依然在心底熊熊燃烧，那热度是常人难以理解的。

虽经历了风霜雨雪，岁月煎熬，人生沉浮，世间冷暖，然，读书、读诗、写诗依然如日常三餐，心底那份醇厚的诗情画意，常驻心怀，历久弥新。

常有人对我说，你虽是商人，身上却没有商人的气息。是的，为人厚道，与人为善，有诗书相伴，非常人能做到。是诗书的气息淹没了铜臭的味道，是我对诗书的敬畏和对诗歌的那份深情滋养着生活的点点滴滴。

这本诗集，就是生活对我的馈赠，也是我在工作之余的情感寄托，它们伴随我，长成一株株草木，朴素，寂静，是我的待世之心。

2020 年 8 月 16 日夜于古赵邯郸

目　录

第二章　山乡母语

第四章　孤寂之境

第五章　无非相忆

第六章　尘香如故

第一章

漳水断流

太行山，你深沉的呼唤

你沉默的样子，一生都这样
默默无语
仿佛不善表达的父亲
一年四季披着一款黑色布衣

为何不醒来看看阳光
你沉睡的日子
阳光宛若一群天真的孩子
撒满父亲宽厚的脊背

这样，在心里　你呼唤着我们
每一道沟壑，两个深沉的汉子
他们守望生活
沿着谷底一路前行

我曾痛苦呐喊
在你厚实的脊背上
回音被牢牢地收回
在你的内心深处

向往你深沉的世界

一定有故事等候我们
倾听不一样的沧桑

你与风雨邂逅
历经千万年生死相守
那爱，乃至心灵深处的柔弱
在你深沉的世界背后
我会时时想起

谁会在太行山东麓等候

此刻，在山脚下等候阳光沐浴
院墙低矮的心事
弹弓向光明射出
少年，面朝阳光攀上树梢
那鸟，那
徘徊着孤独的风影

我心里说，来吧，大太阳
我在太行山东麓
迎接你金色的手臂
为山脉梳理辽远的金发

走过许多年后
夜幕下有谁遥望你巍巍轮廓
有谁像雄鹰那样，驾驭
云海，拥抱
重峦叠嶂

在东麓，洞开的院门
谁在等候，谁的身影
谁的过往面朝西山

谁心思细腻的话语

让你那样深情地注视

漳河

它是太行山的精灵
把纯朴风情留在
两岸人家的窗棂上
偌大的一个喜字面朝着
漳河开放
河水从喜字中间淌过
流向出山的地方

它喜欢把心事藏在心里
在山坳里绕来绕去
从不打听出山的方向
有时，山花喜欢在它身旁
开放
成队的羊群朝它低下头
挽留着虔诚
它只是让群山或者两岸的村庄
在它平静的身体里
舒缓而安详
它还喜欢默默前行
朝着它要去的地方
昼夜奔忙

它即将走出太行的刹那

辽阔，让它放慢了脚步

翻开厚厚积沙，寻找

曹操百万水师遗下的樯橹

历史从这里开向赤壁

漳河，用它一生的经历

延续太行与平原亿万年的辉煌

漳河南岸

春风吹皱漳水的涟漪
泊了泊我的心岸
像溢出眼眶的泪珠
弹了弹身体里的疲惫

无数次与河水对话
目睹一尾鱼划过河底
我一笑而去

那些在树梢颤抖的巢
竟然接受了风与落叶
它不想沉下去
即便漂浮，也想活着

我试探着站在河中央
在它身体里沦陷
岸，距我很近
可冰凉，总是天堂里的问候

在南岸住久了
总想着对岸

太阳耀眼
白光是河流公开的秘密
只有夜晚，也只有夜晚
才肯铺展一道幕布
一条河，一个家

在岸边孑然而立
我看清楚了我说的每一句话
而收不回每一句
光有冬天是不够的
有时候要跋涉一生

冬天漳河要瘦下来
一缕炊烟，孤独地远
箩筐里除了猪草
就剩下一副空着的扁担了

现在，走走停停
我所说的就像这位少年
跟在陌生的人身后
他就这么不出声地笑
和种种不出声的苦
互为重叠

有一匹千里马俯在水面饮水

有千匹马跟随，掠过漳河
去吧，去吧
这是谁在跟谁说话
而江河浩渺，只有月色

我最早发现它行路简单
像童年蹒跚的样子
如果没有南岸让它扶住
那蜿蜒的姿势是不是还那样简单

现在，一切都应该静下来
不用太多言语
有一片云停留在南岸上空就好

漳河北岸

很久之前我在漳河南岸
风景在北岸
驻足眺望，窗外
晚霞拓宽平静的河面

北岸的风雨与后来的我
相遇在黄昏时分
一个非常适合邂逅的瞬间

腋下夹着康·巴尔蒙托
我用幻想捕抓正在消失的影子
第一次闯入诗人面前
第一次抚摸晚霞金色的头发
第一次远远地望见，漳河
南岸，炊烟蓝色丝绸一般
去往天际

此刻，我在河的北岸
在挤满时光的出租屋内
梦见一缕阳光
同时也梦见绵绵雨丝

它们在天空争夺
人世间的那一刻

倘若途中我遇见生活残缺
或者，山洪从我心头爆发
也许，南岸的月光还是那么脆弱

我在北岸，漳河的北岸
很久之前我眺望远方时
在对岸，在河滩之上
寻找螃蟹的踪迹
石缝间，苔藓的味道迎面而来
绿色的胡须，这生锈的流水声

在南岸，在北岸
在我纵身沉入水底的瞬间
两颗石头窃窃私语
慢慢浮出水面

断流的漳河

我想，我应该万分悲伤
我目睹了弃之荒野
瞬间看到滔滔不绝
那对立的情绪
我有些不知所措

今天，我不知道怎么称呼
失去的生命，是否
还在

你的脉象还正常
也许你睡着的姿势
与逝去生命
都是流淌的意象

几千年如花儿绽放
一泻千里的痛快
默默地
出走太行
奔赴，辽阔的平原

你问我，谁人将老
伫立岸边
却听不到来人
悲伤

曹操！曹操！当年
万千水军
安在？
河神安在？

我应该如何称呼
你如今这般渴望
太阳再小一点
小到不喝人间一口水
留一条归途

我的血脉依然流畅
或许，暂时走失的自己
在贪玩
在太行山中捉迷藏

请告诉我
你躲在哪里悲伤
鹅卵石暴尸荒野
你的子孙呢

请告诉我
你躲在哪里悲伤

有一场雨来得荒唐
示威？示爱？
浅显的表现
浅薄无知

终归还是怀念
依心而游
娓娓道来
一条鱼的自由

磁州窑遗址怀想

扁担

椿木扁担在窑工的肩上悠扬
一头挑河水
一头挑炊烟
河水清清
灶房简陋
我是大宋朝磁州窑窑工
装窑，出窑，挑满水缸
厨娘系着花头巾
灶前微笑

挑着大宋朝脉络的扁担
披着粗布衫，书写风雨
行走于岁月两岸
从汴京、临安到燕京城郭
张家的瓷枕
李家的碗
盆盆罐罐
黎民之器

这些大宋人的精美之作啊
我正匆匆赶往
绵延千里的太行山东麓
为你寻找安放灵魂之处

窑工揣着海碗从遥远走来

一只盛得下海的碗
黎民果腹之碗
开口向苍天讨要
春风细雨
哪怕没有风花雪月呢
一粒谷穗
足以让苍生喜笑颜开

这是大宋朝的碗
碗在，我们都在
围在大宋炉火旁
等爷爷
讲关于海碗的那些事

在大宋的官道上
一群衣衫褴褛的人
碗，在心口空着
这些赶往磁州窑揽工的汉子
蚂蚁般衔着一粒米迢迢而来

漳河冶子大桥

这桥
如果颤抖
那是因为我回家的心情太过急迫
如果哭泣
那是因为我距家遥远
如果沉默
那是因为我离开很久很久

此时此刻
把桥安放在回家路上
像一朵白云为我歌唱
在漳河之上
太行脚下

我曾经遥望万家灯火
驻扎在漳水之下
我的亲近的亲人
他们陌生的面孔
一个个排着队离开
渡口，丢下一条空着的船
一条奔跑的河流

选择这里
像灵魂选择天堂

南来的，北往的
这些生活的开荒者
从此有过
走南和闯北

比如这是 1984 年的冬天
比如母亲说在桥的东头
等我

比如桥一出生
它就把生命交给行者
比如渡口走失
无人问津

比如这桥的名字
冶子大桥
许多人不知道它的存在

岳城水库

我看见，无数双修理地球的手
变成地球外科医生的双手
肩挑背扛
一幅生动的画面广阔了许多年

我沉思许久
就像漳河的水一样
把心思往深处想

给山做了一场手术
给漳河设了一道坎
于是，万顷碧波
荡漾于山间
被一场手术降伏了的漳河
脱胎换骨天地间
隽秀蜿蜒
任帆影绰绰
樯橹声声

一条河的出走

一条蛇的游走
那群鹅卵石
有些尴尬
有些郁闷
有些渴望

那条断流的河
是否还能称它为河
我的担心不知是否有道理
像死去的人
他们的名字将被渐渐遗忘

岸上的草
像失去母亲的孩子
向天发问
远去的河水
如今在哪里奔流

一条河
一条行走的生命
它们也有脆弱的部分

站在河的岸边
望着河道里冒出的新绿
想起来了
那是我童年播下的种子
在水下
它们行走了多少个世纪
终于有了日月同辉的时刻

一条河的出走
如果用眼泪能挽回
它们的匆忙
我相信
沿途的人们
都将会放声痛哭

一坡瓷片在阳光下醒来

这是清晨，阳光打碎的瓷片
早早地爬满山坡，等待露水
湿润一下干裂的嘴唇
它们一路走来，一路争论
一千多年
愈争愈光亮的流年
尽管被遗弃在荒山野岭
一片瓷片内心的荣光
岂是陪伴千年的草能知晓的

我们被散养在这座坡梁上
有时，雨水洗洗我们的身心
偶尔露一下峥嵘
破碎
是因为我们之前太过完美
一盆，一碗，一瓷，一枕
我们在一个叫大宋的朝代里
骄傲地徜徉

碗碎了，盆碎了，心没碎
隐居山林
厚养精气神

我们知道，大宋的阳光与
今天的阳光一样明媚
给予我们的温暖
是依旧醒着的碎瓷

用云朵建一处屋舍

云在云端拉着一朵云奔跑
我是山巅，云吊着的一簇草
我的衣襟被那些温柔的羊
咀嚼成文字

花朵一样飞翔的云走了
留下云的兄弟姐妹
应该，对它们的亲切
远远超过我的爱人

在山巅我是孤独的人
只有对云说话时，那些
身后的蓝才灿烂一下
云是天空的侠客
仗剑锋利
刺向天空
巨大的窟窿降下
霏霏细雨

在山巅，常常见阳光
装入裤兜里
留下一点点阴暗

想着何时迁徙
云倘若愿意
我就前往它的深处
用云朵建一处屋舍
守护它的纯洁
在天空开始来生

一棵酸枣树站立山巅

很久无人光顾我的裙袖

草疯疯癫癫

说要与我聊聊

那些羊呢

曾经咬着我的衣襟咀嚼文字

那朵白云拉着我奔跑

它逃出了山界

留下一片蓝

山下，我仰望孤独和蓝对峙

我举着巨大的空

每分钟的沉重

都孤零零的

心率加快时，风在笑

只有夜晚时分

星星距我最近

陪我聊聊寂寞

或者被爱过

其实，天地相连的地方
才是故乡，山巅
那棵风中摇曳的酸枣树哟

渡口疲惫地在风中微笑

我看见渡口的倦容
被涟漪一波一波推向彼岸
那白云安静地在河面
生长

云梢底下
有久远的桨声
已经睡下的船
在风中微笑
谁是那个被渡的船客

船，在岸上沉默
固守的信念
追讨逝去的
一蓬乱草
撑起摇摇晃晃的桥

渡口，一条船
许多船
排成过去
上船或者

下船的队伍

留下我
借几分余晖
燃烧河面
摩挲过往的每一个细节

被犁划出带血的口子

租下千亩田地时
鲜红手印插成笔直田垄
地是古黄色的
疲倦地躺在一片辽阔里
身旁，干瘦的水渠
如冻僵的蛇宿在大地上

我想养壮田地
这要问天公
是否赐我和风细雨
赐我一柄锋利的刀
一刀一刀地划
用解剖的方式揭开农耕的难题

开犁那天
翻开鲜嫩的土壤
用合尺测量墒沟的伤口
田野如刚揭开的蒸笼
弥漫土地的芳香

犁，在田野翻腾巨浪

大地，滴着鲜血
一群来自天边的山雀
开始为村庄疗伤

我举起的天空

村庄的胃不大
全村人的一口井
举起天空
举起天庭里的一场雨
村庄终没有成为湖泊

这是因为
一把铁锹，一把锄头
甚至蹲在村里的石碾
是多么想飞翔
挖一条
通向另一个世界的渠
饿倒路旁的先人们
一一起身

村庄迷了路
天空深远
我们将去往何方
一朵云彩
一场铺天盖地的雪花
又能怎样

我举起的天空是天空之外的天空

村庄饥饿吗
几个老人，填不饱的外星人
几颗星辰丢失田野
无人问津

举起的空是天空里的空
村庄饥饿
天空饥饿
云彩奔波
杯水车薪

举起的空里，住着
面黄肌瘦的先人
与不争气的井
假如苍天有眼
何不召回井的深
再收回一场落后的雨水
村庄痛哭一场

天空张开巨嘴
村庄是天空的胃
一场春风
一场秋雨

我举起空

笑了一下

村庄无故地颤抖

让幼小的我受过一次惊吓

小镇风情之理发店老四

老四是哪里人氏
无人知晓
他的话里尽是南腔北调

有人说他是四川人
有人猜他是浙江人
老四说，哪里都走过
一个十五岁就出来闯荡的人
"家"早已是一个名词而已

老四的手艺像股清风
经常从饭桌或胡同里飘过
烫、染、推、刮
老四的名字比镇长的名字还亮响

老四姓什么
没人去问过
有人说姓田
有人说姓张
老四说，老四就是我最好的名字

老四带出的徒弟都染成了黄头发
或者红头发
像一群分不出性别的黄雀
从街上飞过

老四到底有多大年纪
有人也问过
老四莞尔一笑
让问的人也摸不着头脑

老四在这条街上生活了多久
很多人都说大约多少年
老四的话里掺杂了镇上的方言
方言也在老四的话里生了根
老四说，我这话要是回到老家
很多人会听不懂。

小镇风情之裁缝老五

在小镇这条商业街上
裁缝老五的招牌最鲜亮
邻居时装店的女老板
总是投来羡慕的目光

老五姓崔
属镇上的小户人家
老五的祖上便是本分的裁缝世家
老五裁剪手艺天分极高
与残疾的右腿相比
他的一双巧手却是上苍赐予

老五是中学毕业后学的裁缝
镇上办的第一所服装裁缝学校
老五是学校的创始人

老五的弟子也都插上了翅膀
飞出了小镇
飞向四面八方

如今，老五做起了老板

他的员工也逾百
老五成了镇上、县里的名人
他的服装也走进了北京、上海的商城

老五的心也乘上天空飘来的白云
老五的人也成了走南闯北的商人
这个山镇里的残疾人
正酝酿着把他的服装
出口到世界地图的最上端

小镇风情之新潮服装店

为她起店名的老人
据说已经逝去
起店名的老人，如今
看不到新潮服装店的红火

在这个偏远的山镇里
能有广州、上海的潮货
能让韩服、平底鞋子在山路上
飘逸

店里的颜色开始飘落
枝枝权权
尽管像蝉翼一样单薄
它就像村庄的面纱
透过它，也能看清未曾沐浴过的村庄的垢疤

秋天到了
店里又来了新货
门口的广告牌还放出最新的
流行音乐
有行人从店前匆匆走过

他们或者是不屑光顾
老板娘的脸依旧面带春色

何以安放的故乡

如今，村庄孤独地安放在故乡
左邻右舍能出去的
都在城里落下了脚
空下来的庄院像泄了气的球
扁扁的如树杈上睡着的巢

如今，城里的火锅店、小超市
这些带着乡音的老板伙计
有邻居家的天明和玲玲
他们拖着城里的夜色
进入村庄的梦乡
他们告诉爹娘说
咱家老庄墙上掉下许多
风化的泥巴

春天
他们去郊外踏青
故乡的味道，故乡的影子
以及童年在田野上
奔跑的日子
现在都在梦里窃窃私语

抑或距离

一

如今，邻居的菜园里
多出几样品种
南瓜、西红柿和几架黄瓜
这些没施过化肥的菜
明早会乘着村里的公交
送到城里孩子们的餐桌上

孩子们送新鲜菜给
城里的邻居
夸奖有父母在村里真好
孩子的脸上第一次有了光彩

来年，邻居的菜园多出几倍
邻居租下邻居的土地
为邻居的火锅店，种下
不施化肥的新鲜蔬菜
邻居给菜取下"禾苗"的名头
邻居成了城里的名人

如今，村里人都在为邻居种菜
邻居把新鲜菜名改为"邻居家"
大半个城都吃上邻居家的新鲜菜
于是，我的邻居成了城里人的邻居

二

如今，邻居的屋顶上长出了草
我趁着黑夜把消息告诉
在城里当老板的邻居
电话里，邻居顿了一下
说知道了
没说谢谢

非虚构

一

今天，邻居家孩子接老人
去城里住
老人说，哪也不去
老人还说，穷家难舍
孩子，愣了半天

孩子在村里住了几天
第五天，老人怀里揣着包袱
用手摸了摸院墙
眼里噙着泪水
只是没有流出眼眶

二

晚饭时，邻居马老五来电话
告知，村里要缴纳医疗险
询问我邻居来福的电话
说来福家的地该浇水了

我问起马老五的病情
他说，吃着低保
暂时饿不死
说完，哈哈笑了一下

把光阴留在纸上

如果能挽住岁月
我宁愿把所有的纸买下
把光阴雕刻在纸背上

夜晚，在我忧伤的地方
流年常常披着月色
悄悄赶往山的那边

一场雨或者一场雪的来临
忽略了岁月枝叶上的
季节
它们的过往
是一首插曲
在岁月的长河里时隐时现

我多么渴望
在我转身的瞬间
它能停驻
在我的记忆里
浅浅地飞翔

新愚公

今晚，没有一名党员请假
支书说要修一条通往
山外的路
没钱，真的是一件难事

九十九名党员失声
黑夜的黑漫过窗口
消失于远方

八十岁的老支书开口
讲当年修渠引灌
开山造田
那些跟钱没关系的故事

捅破窗纸
像一根绳索
扯出一道口子
溪流潺潺
汇入江海

于是，一群汉子

重演愚公移山

一群婆娘

挑着美食

把小路笑成弯弯曲曲

惊讶的麻雀飞向蓝天

累吗？

——来自天界的问候

不累！

——来自土地深处回答

通车的那天

雪花飘下几点泪

老支书拉着支书的手

走出村口很远

嘱托

此刻，这双粗糙手掌的温度
迅速融入我的血液
老支书仰望着蓝天
红旗呼啦啦飘向锤子镰刀

在这个山峁，曾经
与小鬼子激战
那时我的父亲是担架队长
我二叔就是从这里南下
……

他仿佛在向夕阳诉说
山峦晕红的面庞
浊泪缓缓溢出眼眶

这红色的接力棒
鲜血染红的土地
这千斤重担——
山峰凝重的神情
老支书凝重的神情

一起眺望远山巍峨

余晖燃烧天际

原野上，那奔跑的身影

像一只雄鹰在天空飞翔

那十八户孤寡老人

他们渴望温暖

那三十三个光棍汉

他们向往着爱情

分配来的五名年轻教师

夜晚　他们会与明月相望

……

如今，春风吹拂乡村

幸福探索着山风芳香

红旗漫卷山梁

山巅处，老支书还在念叨着什么

第二章

山乡母语

乡间，那通向天堂的旧木梯

母亲话里的天堂路
是竖在北墙根儿的那副旧木梯
木梯是爬上屋顶的唯一路途
方寸间的屋顶
要晾晒五月的麦子
和秋天打下的谷子
这些让我们在这个世界幸福生活的
谷物
是母亲心里远方的天堂

木梯常常默默不语
像诗人雨中闭目仰天，聆听
天公诉说，冬日里
目送香雪婀娜
漫野素装
像母亲用驮着岁月的肩头
驮着我
一阶一阶上去
一阶一阶下来
我在这阶梯间
赏看母亲操持的日出日落

这把通向天堂的旧木梯啊

牵着母亲魂的老木梯啊

月光下的捣衣声

今夜，月光对井台撒了一次谎
那银色的谎言
一直在井底瓮声瓮气地回荡
深处的银色
是想冲出井底，握一下
与自己毫无关系的那缕光

我说，不要轻易对她撒谎
谎言只能让她苍白无力
尤其是在深邃的秋夜
在村庄睡熟后的梦乡
更加疯狂地蚕食，那
少得可怜的月色

启明星醒来时发现
月光疯狂地爱着井台
爱着井底的蛙鸣
和不敢长出井口的那些绿苔

尽管，月光特别喜欢叹气
感叹自己在黑夜里的孤独

感叹自己在秋月下那无法
诉说的往事
感叹自己喜欢的人在角落里
与别人约会和接吻

所以啊，月光牢牢锁住井台
不让它看清深不见底的心事
不让它在秋夜里游荡
你说，你站在井台，哪也不去
等母亲洗完衣服时，那声苍白的咳嗽
划破夜空
你说，你还要继续撒谎
把谎言的语气表现得精彩些
让自己听不明白的谎言
在井台上
一桶一桶摇上来
然后，用吃奶的力气挑回家
挑回自己那破旧的院落

就这样，在这个不太忙碌的秋天
月光，一次谎言较一次谎言
优美动听
站在井台上摇着辘轳的人
应该不是母亲，也不是父亲
那是母亲一辈子离不开井台的
捣衣声

母亲

停电的时候
母亲告诉我们
省点儿煤油
坐在黑暗里
说说话多好

于是我们围坐在炉火旁
享受寒冬的温暖
母亲不会讲故事
母亲连名字都难认识
借着炉火的光
用针线演算密密麻麻的方程题
一针，一线
扎穿生活的厚度
把日子演算成
无数个答案

母亲喜欢坐在井台上喘喘气
望望深处的自己
井水将天空收入方寸之间
放下去，摇上来

辘轳重复着岁月的荣枯与辛劳

月色染白的井台
爬满母亲沉默的情怀
月色无语
母亲踩着年轮的轨迹
从黑夜走进黎明
我们站在山峦上眺望
母亲的远方
那是一堆黄土顶着一蓬乱草
孤独淹没了南行的雁声

把沉默化作思念
细雨浸入心田
母亲
我们的孤独与身体一样干净

雪夜

晚饭时，母亲说院子里有脚步声
我扶窗而望　　惊叹
下雪了
屋里一下暖和了许多

于是，母亲缝制一朵朵雪花
先盖住我家二亩水田
再为邻居家待嫁的青菜
穿上洁白的棉服
冬天里盛开的春天啊
让我的家和原野陷入一场忙碌
我们怎样从幸福滑过
哪怕一瞬间
哪怕仅有一个雨夜

胡同咏叹

阳光把胡同掰开两半
一半是我，一半是大姐
大姐把阳光推入我的怀抱
阴冷装进自己的口袋
这是 30 年前村庄最普通的日子
擦肩而过的人
没有分辨出是故人还是今人

春天
一排路灯长出新竹节
我们欣喜地在竹筒里行走
狗吠，鸡鸣被挡在竹林以外
我想啊，大姐最好趁着夜色来
我在装上路灯的胡同口等你
我们一起把掰开的胡同缝合
阳光一半给你，一半归我

坐在故乡的屋顶上遥望月亮

我坐在破旧的屋顶上，与
月亮比高低
其实，没有哪朵云彩青睐我
俯望生出绿苔的院落
月光，站在窗棂上一动不动
我心中的虚
比月光还要虚一些

我坐在破旧的屋顶上，用尽心思
想，少年时月亮的模样
月光躺在院子的树荫下
一片一片的黑
这些，都是我恐惧的根源

多年后，我从梦中窜回故乡
两朵黑色的云彩拦住我的视线
那月亮久久不肯与我谋面
惊慌中，寻找我来时的手杖
后来，我发现窗棂上偷偷发笑的
那缕月光
一动不动

看我两鬓斑白，用手杖
拍打着那片黑云彩时，傻傻的模样

过了河就是家

蹚过河
母亲举起炊烟
迎接我们回家

母亲常把过河当作
一场远行
常常告诉我们
过了河就是家

此番，不知能否看见
被举起的炊烟
被理发师推过的田野
被引流的渠水经过
我家院前

我和我的朋友
一起蹚过干枯的河床
欣赏裸体卵石
童年至暮年

我是多么不想伤感

望着低下去的村庄

低下去的云朵

低下去的河水

还有低下去的愁绪

我给朋友细细讲

山洪猛兽

过后的安详

秋月，那遥远的故乡

秋日
柿子红遍山川
心软软的
还有去年的几分羞涩
在枝头眺望
那远离故乡的瓜香果甜

山月，涂染千山万壑
倾泻无力的苍白
和深沉的远方
偶尔传出几声咳嗽的村庄
日渐颓旧
失去了早春的色彩

来到秋天
日子渐渐往深处走
等待收获的其实是阳光下
那群觅食的山雀
它们饥饿时，会
俯下天空
在荒废的打谷场

打上一个盹
做一个长长的梦

秋天
田野上很少看到人来人往
不在田野忙碌的人
其实在远方的某个角落
忙着另外一种忙碌
没有瓜果香甜
却有酸甜苦辣的劳累

来到秋天
萤火虫温柔了秋夜的静寂
诉说露水的仓促和不安
我们湿润心扉的地方
是村西头废砖窑上的荒草
与秋虫鸣响秋夜的繁忙
哦，那秋月
那已经遥远了的故乡

故乡，不是遥远的故乡

许多人会在额前搭起
伞，遮挡路上的雨
眺望远方的蓝
等候片刻的暖

鹅卵石上光着屁股的奔跑
溪水里漂着的绿苔
曾布满惊恐的童年

也许吧
那一条自由的鱼儿
并非我的前世

行李不见了，往昔
憔悴的汽车站牌
没有和谁谈起过孤独

脱下金色的壳，那只
吵嚷着要远走天涯的
蝉
如今为一世的蜕变

依旧争论不息

月光布下残棋，秋天
是否是解约春天的密码

落叶与风牵手成为恋人
在故乡，爱情
是二分之一的婚约

这些伪装过的爱
仿佛薄薄的翅翼
仿佛晚霞中逃遁的蝉

山坡　那些散落的人家

不知道，这是谁的故乡
青石院墙上，几棵
青草守望着
冬去春来
它们始终贴在山坡上
栅栏门，在
为谁开放

原以为，这里无人居住
一只，在石碾旁歇脚的黑蝴蝶
让我明白
这里的人们
去田里抚弄那些稻草人

天空坠落的星辰
散落在人间
在夜晚
在静如沉石的山间

我开始想，从这里
走出去的人

他们每天的夜晚

是否有梦出现

那些星辰

是否真的散落在他们的故乡

遥远的鞭声

小时候
马车夫总把长鞭甩得脆响
那鞭声穿透村庄
穿透炊烟设下的圈套
跃过五彩斑斓的日子
跃过村西那道山梁

小时候
马车夫喜欢把长鞭揣在怀里
想心事，偶尔甩一下
那鞭声总是
先将打盹的猫惊醒
再惊飞一群无家可归的麻雀
傍晚时分
它们便躲进黑暗里
闭上嘴

小时候
鞭声总是在寒冷的清晨
吵醒村庄
把鸡鸣声一路捎向

黎明前的黑暗

在黑暗里

再打上一个冷颤

小时候

我常常站在村口

打探鞭声的轨迹

树梢与风摩擦出火花

鞭声撞向山谷回荡出热情

还有鞭声在田野上

穿过麦垄

冲向广阔和无垠的莽撞

这些都是我

站在村口上演的

一场一场的社戏

小时候

我常常与马车夫邂逅

身板瘦小的马车夫

将岁月甩响

将鞭声带进时光的马车夫

我深情地告诉他

你的鞭声常常在我的梦乡缠绕

一群羊和一坡阳光朝我走来

一群羊骑着一坡阳光朝我走来
高粱挤满坡梁
阳光的衣裙上绣满秋色
我就是那个身披破袄的牧羊少年

用谷草修一处圈场
先圈住阳光
再迎接缓缓而来的羊群
一嘴一嘴啃食阳光
洁白如玉的肤色在我脚下颤抖

那羊群沿着阳光铺就的小路
流向山巅
我用力收割牧草
在夕阳中为它们准备晚餐

再喂养一坡春色
在冬天，你和我
一锄一锄锄掉心头的荒草
让种子在雪花中孕育生命
让生命与卑微的羊群
一同枯荣

想起一只羊

那时候，那只羊
怀揣忐忑踏进院门时
一只山雀在树梢跳来跳去
微风舞落一地破碎的阳光

那是生产队的羊
仰望主人时，若有所思
我知道，它在渴望阳光
洒满的山坡
雨水洗新的绿叶
我还知道，它在怀念
山谷间牧羊人的鞭声回荡
和一群伙伴在蓝天白云下的
畅想

孤独写在脸上
凄凉的眼神，是从
心底出发的胆量
如今，我在你的屋檐下
多么多么想溪间饮水
林下拾食

同伙伴们一起呐喊

逝去的春夏秋冬

巷道

这么多年
你在那些巷道里行走
就像在故乡的胡同走动
只是故乡的胡同口
能望见满天的星辰

那条巷道
约有两千米
其实，也就是抽两支香烟的路程
在这里，你却要走上两个时辰

巷道深处
常常有歇脚的工友
黑暗里，彼此没有问候
抑或骂上几句脏话
内心的默契
依旧镶嵌着对生命的敬畏

一条巷道
你用大半生的时间，却
未能走完

你曾发誓，不让子孙再吃这个行当的饭食

守着几亩薄田

在故乡的胡同仰望蓝天

对天空倾诉

想低声细语与你交流
人间苦难，一场细雨
在心底开出雨花
我的打算被那场预谋好的雪
封存在未写完的情书里
晒在谷场上的情话
是一枚枚雪花开了又谢
谢了又开的虚妄

有时候，渺小的身躯
在你的怀抱无依无靠
苍穹恐吓我
无能为力
雨是难以承受的伤痛
你为何还要安慰我

我躲进父母留下的小屋
做与世无争的君子
像蝙蝠在夜晚搅动你的黑暗

上帝租下你万里长空

用鲜嫩的云朵铺就床第

迎接新郎

携阳光温暖大地

你却挥舞着风雨

施难于苍生

我仰望你

无可奈何

我打算救赎

用另一片天空

拯救这片天空

月光温暖了青石板

栽下太行山的这枚肢体
院门口多出一处
灵魂安放的世界

父亲用灵魂搀扶着
爷爷的灵魂
这里，月色上乘
可以启程
然后相对沉默

相视无语的黑夜
父亲点燃一支香烟
多出一颗星星的大地
听得见青石在门口的鼾声

今夜月光无缘无故
唤醒太行山
肢体的温度
抚慰
爷爷搂着父亲的童年

我们也有陨落

或者飞翔

这有什么呢

再卑微的灵魂也要丢在太行山里

石碾的心越来越硬

其实，石碾心里想的是麦子
没有了粮
它心里会慌

一盘石碾忠厚地盘坐村中
以轴为心
碾着柔弱的麦子，玉米
为一口食
从不心软

围靠着石碾等阳光的老人
凭借对岁月的眷恋
掌控日头
摆弄太阳斜照，垂直照
再斜照
碾子，被打磨得没有了棱角

偶尔，有醉汉斜靠石碾睡眠
石碾就憨憨地陪他一晚
石碾的心是实诚的

石碾也有衰老的时候
比如岁月磨出身体的烙印
比如蒙着眼睛拉磨的驴子
脚步一天比一天慢
等温暖的老人今天又少了一个

石碾的心越来越硬
身体一天比一天凉

庄稼

这么多年，说起庄稼
就会想起炊烟升起的村庄
和原野上一望无际的
思绪

坐在山梁上
梯田里跃起一群山雀
那是落日时分
田里的稻草人依然
心情平静

谈及收成，爷爷
点燃一支香烟
仰望湛蓝的天空
抚慰黑色的田野
轻轻挺了挺腰身

很多年不再谈论庄稼
只是那二亩水浇地还长在
我的名下
我知道，每年春天

地里还会长出许多牵挂

如果它能宽容我
我想风尘仆仆地回家
和它好好谈谈
它就像我手中的一份手稿

把春光贴在心上

走完一个季节
寒冷已是昨夜的梦呓
当身体完全融化最后一片雪花
鸟儿脱去棉衣，在
蓝天下，沉浮
像炊烟不再无精打采

村庄焕发生机
老农慷慨陈述，排兵布阵
把三国，水浒里的人物
排放在墙根儿下

山脉敞开胸怀
任山风为
蓑草梳理蓬乱的发髻
一个季节的心情
早早贴在窗花未谢的窗棂

冬月之后
把春光贴在心上
就像村庄出嫁女儿

再回来，就是娘家

走出去，有了牵挂

石头的皮肤

躺在野外

我的皮肤与母亲的手一样粗糙

海水漂泊的烙印停留于峭壁

一场贸然而来的大雪

曾一度温暖整个冬天

我还是喜欢阳光热烈的夏天

有一处风景与我无关紧要

一群羊要走近我

看我丑陋的面容

母亲筑起一道城墙

把它们和午后一坡阳光挡在

不远处的山上

河床滋润心灵的故乡

按照顺序我们排在母亲面前

只有大姐面无表情

姊妹几个把影子轻放在饥饿中

手放进口袋里，和我

在土壤里的幸福一样温馨

关心我的雨水一次次唤醒

又一次次放弃
大姐学着母亲从打谷场抽出双手
把一地月色踩在脚下
我们安静得像河床里躺着的石头
不想惹母亲生气

胡同

老家的胡同
常常躺在老家的怀抱里
胡同里重叠着许多脚印
有雪花走过
便把它们融化了

在胡同里行走
常常想起头顶上的星光
它会跟随
我的身影在胡同口晃动

多少年了
老家的胡同
总是在我的身后行走
即便是雨中
雨水也会捎来，一串
胡同里的脚印，和它
不小心溅起来的雨花

秋天，小路上的那些事

已经有几片落叶
在小路上徘徊
落叶已经印上
清晰的脚印

父亲背着草
已直不起腰身
喇叭花在最后的季节
在田埂上摇曳

秋天啊，增添了许多事
父亲挑着庄稼
从小路上轻盈地走过
欲坠落的汗珠
挂在胡须上与淡淡的
阳光交谈

童年还在那些落叶里
想着心事
秋天，跟村庄有关的那些事
还在小路上行走

寂寞的村庄

母亲睡在村庄背后
她说她不再寂寞
每天能听到春草低语
山风在她身旁走来走去

夜晚，母亲在村庄里走动
在找不到家门的时候
走进了我的梦乡
她告诉我，村庄较前夜寂寞了许多

母亲睡在村庄背后
她说不再寂寞
她能听到村庄撑起的光芒
走向山坡的步伐也很缓慢

母亲说，她已经习惯了黑夜的生活
她想起谁，就会去谁的梦乡走一遭
不管她们是否情愿

黑夜里，也许因为母亲在走动
村庄不再寂寞

往事

昨天的那些云彩
不知去了哪里
今天飘来的云彩
还在徘徊
去与留的意思，让人费解

站在往事的岸边
眺望溪水平缓流淌
有谁去思考它一生波澜未起
有谁去探究它历经曲折纷扰
有谁去琢磨它为何将所有忧伤化作欢畅

其实，这些已经不重要
往事如烟的话题已渐远去

尽管有风有雨的日子很多
或许是为谁展示几朵雨花
或许是为谁表演一下柔姿
往事渐渐变作打谷场上的草垛
留守着孤独和寂寞

雨后

对雨后的青睐
我还不及过路的蜻蜓
虽然乌云匆匆离去
彩虹没有如约
一汪汪水塘被遗忘在原野上

此时，没有了尘埃
如同庄稼刚刚沐浴
散发的清新被一群欢腾的麻雀
捎往村庄

是啊，彩虹，在有意躲藏
不想与拖着长长身影的炊烟
在村庄比拼
天空渐渐疏朗
原野静谧

到现在为止
我家的窗户还没有推开
我说的彩虹还没有褪去

秋天闲下来的打谷场

秋天闲下来的打谷场
像一块白色的粗布
风掀起一角
长出一簇过时的禾苗

回想打谷场上的忙碌
和已经瘪下去的谷草垛
一群鸡在拾拣遗留下的汗滴

秋天，闲下来的打谷场
像奶奶头上的那块围巾
丢在秋风里
被村庄慢慢遗忘

空巢

村庄空了
被生计掏空
老槐树有些孤单
孤单得从不与人交谈

那么多的左邻右舍
如今，不知去了哪里
奔波，偶尔也能听到
他们的踪迹
不是在南方，便是在
新疆的某个角落

我不清楚他们是否怀念
村里的老屋，井台和已经
锈迹斑斑的镰刀锄头
我知道，在村庄的上空
飘动的那片彩云
是炊烟慢慢结伴而成
它们随时，会把村里的消息
传递到四面八方

山里的颜色

乳白色的风在山脊上
跌跌撞撞寻觅出路
鸟鸣被涂成绿色，从林间
出发，一路蜿蜒曲折
白色的村舍，如云朵坠入山坳
静下来时，是黑夜的黑
罩住日月的眼

沟壑何时爬上深色的面庞
残留着岁月的灰和
风离开时的浅蓝

那沟壑，是风精心布置的栈道
网络用金色的柳条编成箩筐
阳光生气时，那金色
会穿越山道
用每一个如麦芒一样的词语
缩短我们与乡愁的距离

那口井

那口井就站在
村子西头
月亮在井水里，睡着的时候
井台上说话的人
没有注意到月光悄然
正在抵达院落和梧桐花

我曾经望见
纵身跳入井里的雪花
在井台上飘然的动作
那么美妙，那记忆
在井台上至今没有融化

很多年过去了
井台上说话的人渐渐老去
只有月亮和雪花
会如期而至

牧羊人

一群羊要吞食一座山
从草开始
鞭声清脆，鞭子却老了
剩下瘦弱的一条羊肠小道
拴住牧羊人居住的村庄

到底有多长的长鞭
才能拴住我们的目光
和草木兴旺的五月

牧羊人啊
村后的山崖　已然十分沉静

我的邻居

这些年，他们不辞而别
像一群受惊的麻雀
逃往严峻或舒朗的天堂
弯下腰身的老屋
矮到掉光了牙齿
傻傻的老槐树
头向天堂，眼含渴望
苍天滴下几行泪珠
能为你化解梦想吗

屋后的野花疯狂起来
它想把妖艳的身姿
跳上你们逃生的车上
抛弃老屋的心思是渐渐
成长起来的力量
于是，一张张生动的面庞
在红灯和绿灯之间
在一杯咖啡和一壶清茶间
翱翔千里
村落空了，邻居的
心，却拥挤在胡同口
久久不肯离去

回首

山脉的睡姿

经历了多少风雨的轮回

与阡陌缠绵的日子

把植被缜密的思绪紧紧贴在胸口

让沉着和伟岸一刻不停地繁衍

炊烟化作云烟

在前往天堂的路上

在从天堂飘来的泪水中

俯瞰村庄渐渐衰老

感受着力不从心的煎熬

村头，日夜欢畅的溪水呀

始终未能改变

爷爷没有直起的腰板

我早已变成岁月的追随者

不愿回首，不想回望

不敢去看在山梁上爬了一辈子

却没有站起来的小路

过年

过年了
道路上，车辆川流不息
行囊里也盛满了回家的阳光
尽管，路途遥远
尽管，疲惫不堪
蓑草在冬季里也能长出草心
回家就是他们的春天

雪花已经落在窗台上
雪花的静
远远超出开启春天的雷声

雪花也忘记了融化
从天空落下的每一片白
覆盖在村庄和原野
融化在炊烟升起的心头

烟火的另一面

犁

翻开田地的内心
一头牛要低下头
矢志向前，用一生

用喘息诉说来自泥土的芬芳
牵着我耕耘，唯恐迷失在
五谷丰茂的秧田

我的心情取决于锈的侵扰
在无人问津的世界躺下
用牛的另一种精力
犁出几近荒芜的
人间烟火的另一面

镰刀

因为简单，常在窗棂上
遥望天空里隐藏的飞鸟

在我的收获里
田野分娩前的阵痛
树梢的多余部分
以及杂草不该出生的地方

我渴望有一块磨石
陪我磨去
时光的简简单单

白云收割完
河面上生出一面镜子
嫩嫩的那朵云
高高挂在河的心事里

耙子

为田地梳理一下头绪
延长身体里的长度
为落下的飞鸟
安置一处起飞的宽

后来，我在草棚的角落里睡下
或者我是被遗忘者
想想一生为地球

整容理界

心里的美一下宽泛了许多

锹

在秋天，我把月色翻成碎块

一锹一锹，碎了的银

在黑土里呻吟

大地上流淌的月光

是去年那批结队的萤火虫

播下的种子

我在农田里排行

兄弟姐妹　众多

锄头　镢头　犁　耙

田垄被我们倒腾得

舒舒服服

如今，剩下一块铁与秋

相依相偎成

一个岁月的影子

镢头

说我倔
那是我有一股犟劲

一生刨坑
就是为了自己不落陷阱

与土较量
不是为打败谁
像舟离开水就不是舟了

在地球上
我是开拓者
请你相信

锄头

后来，我每天躲在草棚下
等阳光灿烂

锈像久未刮的胡须造访
另一个季节
不是春天

拱出土的生命

我弓着身子　是
为了接近黄土地
用我的小
换来大地的真实
与饱满

我不是虚无者
我把体温献给谷物

第三章

草木本心

秋天，想说些什么

其实，秋天里的天，与
春天里的天一样高远
只是，云淡了些
秋天里的风筝，与
春天里的风筝一样
能把心情，送往高空

春天播下的浪漫
要在秋天收获
秋天的苍茫之色
像老农头顶上的花发
在那条小路上蜿蜒曲折
愈走愈远

春天里那只蝴蝶的黑
是炊烟染成
在村庄里飘，直到秋天
未曾飞出藏匿它的那行书页

秋天里那抹落叶的黄
是故乡染成

在秋风中亮，结伴而行
其实，那是早春的预约
秋天沿着春的那条小路
一直在追赶着蝴蝶
直追到雪花覆盖落叶的轨迹

时间虽然无法交错
而秋天有秋天的执着
我们在荣枯爱意中一次次地
陷入悲喜　忘情春秋

风筝拖起飞翔的村庄

倘若村庄要飞向远方
那就借风筝的
左翅
右翼

我明明知道风筝的脊梁
一条长长的胡同里
举着风筝奔跑的少年
那是谁的童年

原野，我望不见尽头
风筝自由地翱翔
仿佛在空中打盹的老鹰

拖起村庄，疲惫得
像一只填满行李的箱子
在天际起伏

有赶往春天的许多风筝
有被细雨清洗一新的
春色

身着素衣的翩翩少年
何时成了天空的主人

他驾驭断过线的风筝
这是要去往何方

春天的思念

我心中的春天，是
醒来的一池碧绿

原野酝酿阳光明媚
途中，等候的
是不曾相识的故人

远处，老柿树上眺望天空的鸟
他们的鸣叫陌生又熟悉

或许我们还能相逢
谁把甜美的忧郁
镶满片片花瓣

你分娩了
幸福的痛苦

十字路口，邂逅的
思念，从这一刻寄回
有你在的春天

林间倾诉

细雨绵绵，有

些许的不幸

上苍拒我于莫名的途径

我目睹蝴蝶亲吻了花蕊

此刻，那只黑蝴蝶
仙女般，携着天地灵秀
用细长的嘴唇亲吻——
亲吻卑微

你的唇印嵌花蕊间
东山头摇曳着孤单
西山头
春风醉，步履翩然

你深信的美丽不能仅仅来自春天
烂漫过后，你去赴约秋天

我是你翅翼上的那点金
来人世点燃
那耀眼的爱

可这一生那么短暂
除过翩翩起舞
这山峦，这花香
这曾经为你醉过的良夜

我可能就此消失，可能会在

你厚厚的书夹里

用两只展开的翅膀

无声地飞翔

泡桐花

去往春天
这是必经之路

崭新来过
遮掩每一次的卑微
眼泪从贫瘠中冲开一个口子

一丝快意
曾经填满了空洞的记忆

春风驾驭
梦想
快速经停院落，仿佛
泡桐花吹散的梦

有过奢望
爱我的人，阳光不必
独自绽放
借天空的蓝　为
爱过的人赐一处风景
白云拂过大地

喧嚣

是躲在生活背后的一味苦药

独白，老槐树

在我心里
主人除过纳凉
或者还有其他意图

把我安放院落门口
像哨兵
你说还像什么

这几近荒凉的村落
宅院因我深了无数
和数年

说是守护
不如理解为等待
漫长等待
还有谁能想起
槐花也是果实
孤独的果香

在我心里
它唯独惦记我

童年时光的岁月

一碗白水的凉

能在我的生命里清香一辈子

石榴树

总担心你不能活下来
你幼小却面带愁容
在庭院，你以生命的方式
等待风尘

你的手那么细弱
母亲每天都在用心浇灌
你的童心如雪花脆弱

期盼你突然有一天点燃世界
我惊出冷汗
我会在喜悦的心上喷些香水
不担心你的嫉妒
嫉妒是美好的时光

你就在我的窗前
你喜欢的五月笑逐颜开
推开窗扇
惊扰到你自由的爱
我会感伤，你的成长
有时会折断

母亲把你的果实当作礼物送给

她最惦念的人

母亲老了

心里有宇宙里复杂的星系

一如你，和你的果实

野菊花

你要伫立多久，你渴望的
花香四季，上苍
只赐予你九月

你眼睛里布满空洞
偌大的秋天
并不只为你到来

感喟自己偶然的
轻佻
蜜蜂呢
舞会为何不选择午夜开放

我没有办法说出
还要眺望多久，远山磅礴
而余晖
只赐予你瞬间拥有

喜欢你的人
一定是为
爱吗

你锯齿般的唇

咬碎风的一角

我说什么来着

野菊花

面对芸芸过客

再美的山谷

也寻不回你爱过的线路

在这个地方

所有的命中注定

都会被时光牵绊

听见你第一声哭

这是夜晚，你在赶往人世途中
星星瞌睡的模样那么招人喜爱
你的母亲要忍耐你赐予的阵痛
你贪玩的一双小手

像奔赴一场盛会
你与母亲合二为一
真想看看你
如何安静的睡姿

丫头，你为何那么匆忙
你的名字还在
我的思绪里行走
其实除过王姓
有两个美妙的字词
她们屈居于简单的田野
或者游走于词典扉页

这是子夜
子时的夜空下
你摇摇晃晃寻找家门的模样

想不出你出自哪家庭院

前世的日子

似曾相识，未曾相识

辛苦是你留下的前世梦想

重复一遍路途

就像你前世翻过一页书

进门来吧

孩子

我心爱的小石榴

你的父母真会起名字
把小石榴送给你做生日礼物
让你这样与我相遇
我开心的小孙女

其实，前世你是炙热的阳光
我是影子
你在，我也在

咱们手牵着手
你担心我摔倒
可是你知道么
爷爷一直在漳河南岸
那时我年少轻狂
有些许梦想

我无数次摔倒在路上
就像河滩里的卵石
没有呐喊，路途的疲惫与狂奔
可它作为爷爷的邻里
你不认识他们是对的

河床摊开的是两个世界
一个在暗淡中低垂
一个在明媚中有光

你懂么，我亲爱的小石榴
这应该是一个最幸福的名字了
你粲然的笑
有时会淹没我曾经的波澜与泪水

我亲爱的小石榴
从现在开始
我们彼此守望五月
你看，那时节
石榴花开得真美

四季之外

在四季之外，
槐花一身素衣
手握微风的人
在云朵的峡谷里凿出了月光

用天空的蓝精心为我缝制衬衫
我要走失在闪电划开的天堂
人们只需合上眼帘就听得见
雷声吞下我种下的鸟语花香

谁把高粱栽上了云端
我就在云海里酿蓝色的酒
慢慢品尝前世的醉

谁在云端修一条陡峭山路
一副空空的架子
我是恐高症患者
这是来生我唯一的路途

面孔陌生的众人
我在襁褓中喃喃自语

除过笑容

你们还嘱咐我什么

四季之外

一并收下所有

借助明亮的阳光

变成没有醒来的影子

和那么不情愿醒来的自己

在云朵的峡谷里凿出一道月光

在四季之外，众人之外
有一串洁白的槐花没有在槐树
身体之上盛开
众多路人，行色匆匆
在云朵的峡谷里凿出一道月光
在月色下谈着一场恋爱

手拉手，与云峰擦肩而过
行走在没有四季的季节
天空会失去蓝
原野会止住歌唱
人们只需合上眼睑就能听得见
过往的繁华

喝上一壶一百度的纯酿
把身体之外的热能
收回
前世曾有过的醉姿
前世曾定下的姻缘

正在改造的云外小路

被拆掉桥墩剩下一副空架子
这是前世等你的想念

来生很累，睁开眼世界全是陌生
即便是要相识
也要努力一生
注视很久或者很久
注视她的笑容

而现在，月光的白
正是她未曾说出的话

在赶来的路上

栽下它时
春，已过
总担心它会丧命途中

远吗
摇摇晃晃的距离
一处足以埋葬
无数根须的世间

假如雨水降下
假如阳光再现
你的生命还有灿烂吗

等等吧，在冬天的午后
一朵火红的石榴花
正经历着雪花的侵犯
倘若有一缕阳光
可能会好许多

不要把希望寄托于五月
你在为天空做准备

辽阔里播下种子

黄土里能盛开多少

或者，有多少希望

是在赶来的路上

借天空一枚雪花消融愁绪

给上苍鞠三躬
向天空借一枚雪花
如天空大度
今夜便恩赐公主
下嫁凡间
我在广袤大地迎接
雪花漫舞

雪花为村庄蒙上一床棉被
所有人在棉被下喊着冷
假如酒能消愁
在雪天里饮酒的亲人
他们又为何而愁
三叔醉躺在雪花丛中
频频念叨为儿娶房媳妇

将诚意返给大地
纯洁之花开满遍野
在寒冷的冬季
还能向天空索要什么

今夜，没有雪花是清醒而来

天空斜着身子

扶不直一枚雪花

醒来的三叔

在辽阔的雪野上

等着清晨阳光一点点

融化心头的愁绪

在大山生活了一辈子的三叔

用尽力气爱这里的一切

直到他自己的身体

像一座荒芜的谷地

站在山之肩膀

一座山，挑起两处村庄
在轻风中
收起展开的翅膀
缓缓淌过弥漫着青草香气的
春天

羊肠小道走过一群山羊
牧羊人用鞭声，甩出
沉寂的风的方向

仰视大山健硕的肌体
站久的老榆树一脸沧桑
一只蚂蚁寻找生存的缺口
在久旱的荒地上匆匆忙忙

阳光，是唯一高尚的过客
和我们一样爱着，羊群和山峦
站在山之肩膀
俯视午时的村庄
打破宁静的是一对喜鹊的亲昵

原野上，一只飘舞的蝶

置身原野
在花和草间起舞
心情，时而飘起
时而落下
此刻，清风徐起
阳光依旧

油菜花尽情
释放春的烂漫
你开始欢快地舞蹈
天籁与你伴奏
溪水与你共舞

我也如你，置身原野
沿着阡陌寻找
来时的路途
选择做一棵小草，或一朵花
感受土地的激情
像老农重复同一个话题
用微弱的声音说爱它

雨，在冬天落下

你迟到一个季节
把带花的布衫丢失在夏天的蝉鸣里
却把雨伞带回冬天的雪花下
一声叹息，雨丝盛开一地的花

我在赶往春暖花开的盛宴
却遇见今冬初开的雪花
挂满苍凉的面庞
你一次次黯然的泪痕
汇入村口的溪流

远山致远
村庄醒来
命运到底为谁而生

我在屋檐下的每一次低头
都源于对你内心的依恋
你的苦与我的卑微缠绕在一起
我们用不善言辞的味道
掩饰命运，陪伴远山

雨，在冬天落下
花，在春天就开啦

与秋天相约

多年前许下诺言
在山峦深处
目睹秋色

天空行至秋天的意境
原野上五颜六色的盛装
一次次细雨伤怀

风细心地划破辽阔的河面
穿过阳光砌起的层层幕墙
勤劳的人笑声朗朗
喜悦在枝头间摇落感伤

镰刀和锄头啊
这些昔日苦难的英雄
已露羞涩
尘封组成的狂妄在农机的轰鸣里
如野菊花般在山谷的怀抱里
兴叹

我迈过田垄

日渐苍茫的远方
灯火阑珊
炊烟懒散地从低处
爬起，漫过残垣
漫过弯下腰身的老槐树

站在村头遥望的身影
都是我已故的亲人
在暮霭里
望低了村庄
望低了天空
把一份思念望得愈加遥远

一场雪来得很巧妙

今夜，敲门声轻得无语
风的手、云的手在门外徘徊
老槐树的淡定证明了
这些来自天空里的音讯

我是昨夜迷途的那只麻雀
我窥见风迈过低矮的院墙
悄悄躲过了母亲上牢的门闩
这时，有几颗穿着厚厚外套的雪花
也朝着院落走来

今夜，敲门声是白色的
寂静的夜，让我的翅膀不敢停下
母亲巧妙地让堂屋亮了一宿的灯

冬天，不知道在说什么
春天曾经被你伤害
所以，今夜你躲过一宿未眠的母亲
未必能躲过沉默的大地

我在母亲的堂屋想了许久

那时候，雪来得巧妙

连我们的爱，也都是纯白色的

行走在山坡上的黄菊花

这个季节，你在山梁上游走
一路上绽放的姿态让风儿感叹

阳光在你的视野里渐行渐淡
以至于那些行走远方的白云着急地赶来
距山梁咫尺的地方
在你那美丽的睫毛下
让风儿拥抱你飘逸的身体

那是一群天生调皮的娃子
你在它们眼里是一只刚刚飘落的彩蝶
这个时节，蝉鸣已经远去
蝉壳四处飘摇
你在他们的衣襟上，生出根络
就像白云永远把根扎在天空

这个季节，我发现你的脚上沾满了尘埃
有春天的颜色和夏季雨露的声响
在脚印的深处，是空阔的山峦与
伸向远方的沟壑
它们交织成你的胸怀

在你看似轻松实则沉着的内心点燃
一个季节的湿度

我还是看见了我的童年
一个在你的怀抱里穿梭的少年
就像今天你行走在山坡上
行走在苍凉渐生的旷野里
斜挎着书包
蓬头垢面
去寻找带着露珠的飞翔

这个季节，山梁上为你开放了许多路途
你把绽放的过程一一细数
在你来时的路上
在你将去的道旁
轻轻经过，不要惊醒那些为了你的绽放
而进入梦乡的同伴
让它们在这个时节
能够露出美好的笑靥

山谷小路

小路，若
心丈量过的往事

一层露水，安抚
一粒尘埃
一层草的清香
一个秋天的深沉
堆砌云朵浮华

有蝴蝶闪过，蜜蜂
留恋槐花
这是我们牵手时
长出来的又一层颜色
无痕，却走过

当，雪花开满山野
纯洁的仅剩一张白纸
吟诵一页页诗行
小路的魂，在
山谷间寻找着依傍

何时啊，小路系住我的魂魄

愈行愈是苍白

一层层的苍白

牵手清风明月

在仰望间

盛开出生命的经卷

葳蕤而茂盛的，我的

山谷

夏天的热

不承想，天空
也有疯狂
把热度推到极致
然后，倾泻

我知道，夏天的热
不等于冬天的
温暖
热，是夏的魂

村庄被蝉鸣
吊起来
所有的柳树，梧桐
还有趴在地上的草
蜕去壳的蝉，蚂蚁
顷刻间在这无尽的热中
将雄厚的大山抬起来

鹅卵石消隐在河道
夏天，我们曾有过水的一场梦
想起来依旧美好

午后，乘上蝉声飞扬

午后，蝉声开始突围
这底气十足的呐喊
穿越村庄上空
来自柳树婀娜多姿的想象
如同空中的一只飞蛾
把往事放在炎热的夏季

一个少年长出平凡的翅翼
搅动无风时刻
失去魂魄的蝉壳
此刻还在傻傻等待
季节从不跳越
生命不会重新开始

梦中挣扎的少年
正在奔向早已空虚的世界
逃离不是为了躲避
只是乘上蝉声翻越季节的背面
在另一个季节里，度过
幸福的煎熬

五月的风

五月的风
是暖的
是区别于冬天的暖
是风与雪热恋之后的
炽热

我必须在这炽热里
腾空自己
让梦飞翔

我喜爱的雪花已经降临

朔风告诉我你在赶来的路上
天庭的花园你是否留恋
深闺锁春十八个春秋
如今你要下落凡间
大地敞开浩渺拥你入怀
携一袭洁白还人间长情

我与大海相隔万里
你这浪花的前世今生
如今转世天庭
又来繁华世间
你缜密细微的枝蔓轻如蝉翼
于是赶制轻灵的嫁妆
为你的降临腾空故乡的庄田
山乡为你置下万亩林妆
等你银装素裹万目愕然

你说等收割完天空的花朵
与伙伴结伴同行
一场舞会能持续多久
要看天宫的舞台有多么广大

此刻，想起未关闭的柴门小院
为迎接你养下的几只母鸡
和刚刚劈过的木柴喘着粗气
揭下那副陈旧的对联
炊烟下母亲一步一步向西而去

在一片落叶下生活

在我心里
一片落叶就是上天坠落的一块陨石
我在蚂蚁迁徙的队伍里
缓慢前行
这是要去遥远的地方吗
还是迁往另一片落叶的下面

这片落叶来自森林的哪处角落
叶片上残留着蝉鸣声
就在它坠落的刹那间
我伴随蝉鸣来到它下面的世界

在我的心里
一片叶子便是一片天空
在这片天空下生活
有彩云相伴
有风的日子
落叶会搬家
我就是粘在落叶上的那粒尘土
即便迁到很远很远的地方
落叶和我都会融在一起

蝉鸣随风去了
但是，它还会回来
就像那片落叶一样
会回来的，故乡

那些草

那些草为谁而长
可能，只有天知晓
一只羊的想法
在那些草的脑海里萦绕

那些草，把阳光带到
山坡上，从早晨到午后
直到躲藏到山的背后
倘若不是，露水打湿了衣襟
这些草啊，会在山坡上活到
很老很老

那些草，把风引到
山坡上，在山的蜿蜒里
寻找着方向
倘若不是小雨来得正是时候
那些草啊，会在风的怀抱里一直
缠绵厮守

那些草注定了一生在风雨中
飘摇

把四季演绎的烦恼，隐藏于心底

那些草不再奢求繁茂
在山坡上仰望蓝天
每天，都有阳光在身边相伴
还有让我们念念不忘的
一些怀想

那些羊在山坡上咀嚼

那些羊把阳光咀嚼成
云彩
在山坡上缓缓飘过

草把自己长成
绿色的阳光
爬满山坡，然后
像那些羊一样，在
山坡上有了细细的心事

牧羊人的头发跟那些草
一起走进秋天
他深爱着山的苍茫
但是不知道从哪一部分
爱起，或再爱得更深一些

如果可以，所有的羊
在白云下都向着山坡的方向
它们和他们的子孙，共同
咀嚼着同一片清香
在同一处山坡厮守阳光

只有村庄最懂，它
从不祈求什么，是不是

放飞忧愁

秋天，太行脚下
凌乱的村庄被秋风
掀起一角衣襟

树梢的动作显然疲惫
老农脸上抒写的沧桑和平静
与留在谷场上的闲言碎语
结伴而去

何必回忆，也不必
畅想
那三亩菜园
一辈子从没有走出它
熟稔的、宽边的菜叶
和一畦韭花

如今，只留一处断垣
梦想着主人
何时归来
也许它们不明白
忧愁不再属于村庄

最忧思的部分

是在城市的上空

在翻来覆去的失眠中

老槐树

村里的老槐树真的老了
静下来时
它会打盹儿
于是，村庄都会跟着它闭上眼睛

有风的日子
老槐树浑身颤抖
它在无数次的
风雨中未曾倒下
不，它是有意摇摆给村里人
看的
想让村里人知道它的健在

老槐树的身心长空了
它用上苍赐给的灵气
支撑着村庄枝繁叶茂
全村的人在它的福荫下
享受着光阴流年

如今，老槐树真的老了
它的沧桑也把村庄带进了秋天

秋天里，村庄的面孔
与它的肤色，一样淡然

兰花飘香

今日
屋里的兰花开出一串
淡黄花
满屋弥漫着
馨香

那盆兰花
悄悄敞开心扉
拥抱一下，我的
小屋
那香，轻轻地
拍打了一下我的额头

兰花的花
悠然闯入我的世界
不管不顾
我在微笑里
香了一下手里的
那页诗行

是的，就在今日

那兰花，如

孕妇般揣上

一朵小花，在屋里

静静地朝着我微笑

我们彼此望着

我手里的诗句，一不小心

就滑落在地上

槐花盛开的季节

去年，那片花瓣
染香了整个村庄
新芽儿不断地冒出
停留在季节之河

阳光为春天着上盛装
脱去苍白和荒凉
所有的希望向田野招手
所有的宽宥
飘落在漳河潮涨之前

门前的老槐树啊
你的游子迫不及待地
抬首遥望
槐花馨香顺风而来
漫过高高的城市楼房
跃过车辆川流的宽敞马路
一群陌生的乡村面孔
在槐树花的清香里
温存，平静
哑然失声

谷穗，那沉甸甸的虔诚

如今你俯首弯腰
一副虔诚的模样
这是与爷爷做道别吗
谷香散发出远走他乡的信息
迎接你的将是满山野菊
笑逐颜开

如今你宛如十月怀胎的孕妇
挺着鼓鼓的心事
迈着小心的步履
沉思过往和忙碌
纷飞沟壑纵横的思绪
那苹果的香甜
那柿子笑红的脸庞
那核桃惊艳了的秋色
在阳光里
在清风下
等待瓜熟蒂落的时刻

如今爷爷矗立在田间
一群腾空而起的山雀儿

带着稻谷的清香

带着爷爷的微笑和一串汗珠

向四面八方传递

收获的喜悦

鹅卵石

这些降落于地上的星星
在阳光下
闪耀

这些没有身世的孩子
被遗忘在河流的影子里
聆听溪水弹奏前世的乐章

一束菊花
摇曳着秋天的云彩
它们的行走有谁看得见

在河床之床
洪水曾经托起它们的梦想
退潮之后
它们固守着永恒的家园

千年的风声
不理解它们
在神祇抵达之前
鹅卵石的梦
是漳河水的颜色

草籽

这些草的子孙
命运漂泊
灵魂，一半盘根错节
一半在季节的生与死之间
徘徊，轮回

原野，山川，沟壑
窗花艳丽，窗台折叠起羊肠小路

这些草的子孙
处处编织陷阱
蝴蝶伴蚂蚁跋涉小溪
溪流中袒胸露脯的家族世子
轻哼小曲要远行

来自锄头，镰刀的疯狂
敌人也是人，腰弯下，背驼着
霜花在皱纹的深度里绽放

冬日里，失去了精彩
落魄在阳光下鲜嫩无比

即使飘落一片苍白

在地上流动的岁月

一次次掠过苍凉的广阔

这些草的子孙

夜半时分，关节呻吟

春雨润泽来自冬日的阵痛

一生只明白滴水的恩情

藐视大雨滂沱的眷顾

炊烟在雪花中升起

今夜，你无声而来
恰如我无声而去
你的飘舞正如我的萦绕

小院忧愁仅剩一片雪花
像我推开柴门
等你一路风尘
微弱的烛光是母亲手中的纽扣
缝补你离开时的伤痕

我不愿做随你飘舞的清风
我是母亲手中的柴火
燃一处温暖
融化你心中的愁苦

离开厨房
母亲踩碎一串串米香
炊烟驾着母亲向西走去

今夜，你飘舞而来
恰如母亲徐徐离去

草有生命

原野上的草昂着首
那神情是对天公的敬畏
它们的生命都行走在风里
风，越过了漫山遍野
你的生命也遍布了沟沟坎坎

你的血液注定是绿色
当你的血液洒给那些牛羊
此刻的夕阳润湿了半边天空
那血色是你精灵的化身么

爷爷一生都在为你弯腰
恭敬地锄去庄稼以外的生命
你用沉默捍卫着尊严
你用牺牲守护着另一个生命的延伸
爷爷弯下的腰
是对你最忠实的虔诚

我知道，你的灵性在于一滴
露水的滴落
那不是泪水

更不是悲观的情绪

哦，明白了

那是你对上苍的一个承诺

我们去咀嚼一棵青草

与那些牛羊一起体验青涩

记住，岁月也会枯萎

像冬天里的草

趴在山梁上，原野上

去等待

一团团雪花的盛开

草有生命

它们行走风中

一个午后的盲目

一个阳光很强的午后
未能把天空照蓝
白云带走一点点失落

槐花绽放得十分突然
村庄惊讶
柳絮如期飘逸
一只黑蝴蝶到来
村庄仿佛在打盹

昨日的午后
行走了一个夜晚
我知道，它的目的地
不是月色下的缠绵

它有意把阳光丢弃在
星星的眼睛里
许多话题
还在赶往午后的途中

我不应该选择这个午后

去听那一声蝉鸣
炎热的村庄被它
划破一道口子
炎热倾泻

风被挡在树的身后
树在村庄旁沉默
像父亲厮守着那片田园

就在这个午后
我扛着风在山坡上
寻找一个樵夫的足迹

第四章

孤寂之境

我这人

我这人，喜欢在夜幕里行走
不是散步
像把心中的烦恼散落在
黑夜背后
或者让星光把头脑里的
事物一一问候

我这人，喜欢一个人站在窗前
看窗棂上的大红剪纸花
偶尔有鱼跳出来
或者燕子飞起
比窗外的那些鱼，燕子
还活跃

我这人，喜欢在清晨里行走
让全身的血液洗个澡
让腰在清晨里弯得再深些
把一天的精气神提前
让晨光凝聚

我喜欢在夏天的柳荫下静坐

不像是乘凉

是在等蝉鸣

等蝉飞起来

比早春的絮花飞得还要

潇洒

我这人，喜欢在草丛里行走

不是在试探露水

是在探听蟋蟀

试探蟋蟀的声音能压倒

多少棵草的腰身

或者能让秋天深多久

那些草习惯了歪歪扭扭

不在乎我的行走

在它们的心里

已把我当作了朋友

情绪

倘若，心存怒火
让群山放飞燃烧，渐渐
去远的霞光

村庄陷入灰烬
幽灵从天而降

迷失之后
重拾爱情的暗夜

放弃远方
再奔向远方

去丈量天空
去海边
从清晨出发

阳光扎进海水
在灯塔深处
被安放的情绪
灼烧
大海的蓝

今天，海的味道

今天，我在沙滩上等阳光
潮水吃掉了我上午的脚印
天，远远地把我挡在海面上

其实，我带着海水喜欢的风浪
一波一波把心事涌向大海深处
我在小舟上
看海滩上
即将沉入海底的太阳
喝上一口海水
你们是想问我苦
还是咸

我笑的时候
你们在海边给沙滩
更换鞋子
一双汉代的鞋子
鞋跟是平底的
踩在海岸上，眺望
我和你们驾着小舟
从历史的长河中缓缓驶来

站在对面的魂

站我对面的是肉身筑起的影子
太阳照斜的人
似隐似现
风，还能掀起衣襟
裸露魂魄藏匿的地方

眼泪流干的河床
魂被收回源头
就这样，故乡的河失去了
流经千年的魂
干枯之躯在村庄的无奈中
沉默无语
向谁诉说
伤痛之美

站台上

像封住口的信件
和落地的邮包
此刻
平行向前的两条钢轨是我的双腿
消失在缓慢厚实起来的远方

春雨和秋雨
这些来自天空的悲伤
被编成一道道枕木
一处安放在春天
一处安放在秋天

远行热情
归来安静
在这里添加一处逗号
明显是多余的无聊和无奈的组合

用力向天空伸一下懒腰
发现痴痴的湛蓝，望着我
望着我
粥香扑面而来

不知源自何方的眷恋
被遗忘在今天的站台

我恐惧的心总是被带去
南下
或北上
站台上的那副躯壳
是卢生梦乡里的黄粱

许多年后，我不再是我

镜子前

我看不见自己

一座山脉横亘南北

长满柿子、核桃、花椒

全是岁月深处的果实

偶有经年的白草

卷起一层层波浪

搅动山脉颤抖

镜子前

我看不清自己

我知道是柴米油盐覆盖的身躯

滋味浅淡

我是天底下最矮的山峰

我是天底下最浅的山崖

是山崖伸向天空里的那棵迎客松

常常在山崖上向风示爱

向雨露的来临

深深鞠躬

多年后

我再找不到自己
我在镜子前发呆
我很想把浅薄的镜面
撕成碎末
还原它本来的面目

也许，我早已鹤发童颜
藏匿于自己背后

天空，我行走的伙伴

天空，离我很近
天空，距我遥远
抬头和低头间
走过了四季春秋

雨丝牵着我的思绪
雪花融化着忧愁
茫茫原野上只有
天空伴我行走

天空，很安静
仰望间延伸向远方
天空，很繁忙
晚霞刚退月色又迷人

我在五十岁等你凋谢的时刻

你转身的瞬间，轻风

拂过山峦

一片绿叶重重地砸向深厚的大地

我说，去吧，去吧

让悲伤化作细流

让思念驾上云朵

我像蚂蚁般

一下一下

把希望和美好

挪进岁月深处

将自己装进黑夜里

任星辰散落天空

愤怒把黑夜的黑

一点点儿涂染五脏六腑

掩盖自欺欺人的把戏

不承想

痛苦是如此痛苦

无奈是如此无奈

好吧

我将乘上无家可归的云彩

守住你我厮守过的溪边柳旁

阡陌蜿蜒

在五十岁等你凋谢的时刻

我想回到二十岁

倘若我能回到二十岁
我要站在太行山巅
遥望那座破旧的院落
拭去锈迹
裸露年少时的青涩

回到二十岁
回到冰雪覆盖的小溪边
穿上那件粗布棉袄
让寒冷冻僵的耳朵
聆听北风在午后的匆忙

回到二十岁
回到垂柳飘絮的春天
寻找
那年，我爱的人
或者，爱我的人

我很想知道
你是否在老地方等待我的归来
或者，我等待你的如约

花手绢飘落的地方
至今还留有野菊花的馨香

回到二十岁
我们来一场轰轰烈烈的约会
带上爱你的，爱我的，还有
我们所爱的人
忘掉世俗的眼神
让那些喜欢嫉妒的人，去
大胆地羡慕吧

回到二十岁，我想
与我所有的梦想
来一场脱胎换骨的约会
放下该放下的
回到当年启程的地方
来一次无怨无悔的远行

我想告诉你一句话

我想告诉你，你的背影
在黑夜里
在星光闪烁与微弱灯光的遥远里
如风
如消逝的溪水声

你不用回答
我的任何质问
让费解的想法躲避到残垣的背后
或者跳到一只匆忙赶路的蚂蚁脊背上

在山脉撑起余晖的梦境里
伴随着渐渐沉下去的岁月
用黑夜的颜色
涂抹你留在这段日子里的
所有痕迹

往事放在行走的路上

那么多，那么多的尘埃
隐藏在脚步的回音里
久远的脚步声踏起多少尘粒
顺着一望无际的征程
奔忙于天地之间

走过一段路，留下的是
一段经历，于无数人的心间往返
有人说是人生的痕迹
或者是喜怒哀乐的重现
不论是哪一段
只要在我们的梦中曾经出现
就让它停在站台，或者长亭

苏醒

让去年那缕阳光隐藏嘈杂
想象的枯萎，暂时
在山路弯弯的地方歇息
等候
日子融化的消息

燕子衔着一条短信
在屋檐下寻找机会
屋后的菜园，熟睡了
一个午后
醒来时，田野爬满了
春的脚印

溪水绕过村庄的刹那
细声细语中
垂柳舞袖
天边飞来的雨丝
渐渐湿润了我繁忙的梦

远行

那些蚂蚁

从天而降

在我眼前匆忙而过

搬动着秋天

从树根到树梢

丈量四季的距离

无数次迁徙

像战前急行军

忙而不乱

挪动方寸

都视作远行

告诉守尾的蚂蚁

跟上，快跟上

远行

就是一次来过

必须要说出它的执着

交谈

我不喜欢交谈
像蚂蚁搬动一粒粮食
从秋天到秋天

蚂蚁召集族人，邻里
在一棵大树下聚集
它们不用言语
彼此神色慌忙
一片落叶经过
它们也毫无知觉
它们不跟行人交谈
神情专注

在蚂蚁的世界里
有最伟大的忙碌
在人类的世界里
有最卑微的言辞

山林这般宁静

太阳坠下山崖
不知道伤到多少光芒
月亮沉入海底
不知道要消耗多久深情
山林脱去盛装
没有等来一只候鸟

太阳说不想再施舍什么
劳累的光芒跌倒在谷底养伤
月亮说我把温柔留给大海
你送我的浪花凋谢了一朵
又盛开一朵

还有多少阳光在天空沉睡
还有多少只鸟赶往天空借宿
山林这般宁静
我又为何那样疲惫
疲惫到像那只林中的鸟

纠结

因为我的到来
秋风躲在落叶的背后
一只蚂蚁终止了对一粒谷米的诉求
它在原野上的贪婪
仅仅是一粒米的奢望

因为我的到来
阳光落进树荫的窟窿里
一只麻雀终止了对谷田的窥视
我知道，站在谷地里的草人
是我的父亲
他用背影与我们交流
其实我一直在读懂他的守望
像弯下腰的谷穗
每一颗都是沉甸甸的心事

途经太行

一路上
眼睛的世界里，全是
山的血肉之躯
和山的根根络络
它们的神情，在车的背影里倒下
又站起

一位护路工转身把突兀的山峰
挡在身后
阳光在峰的背后行走
想用一把扫帚
挥去山脉深处的尘埃
那尘埃是山的岁月光阴

一处村庄
飘落在高速公路的下方
它像冬天里飘逸的一朵雪花
转眼消失得无影无踪
在沉默和安谧的门槛里
汽笛惊醒了它的一个长梦

一路上

有许多叫不上名字的山花

在路旁摇晃

我知道，它们都是我的童年

奢望长在土里

梦在风里摆动

此时，它们是从一个地方赶到

另一个地方开放

它们的行踪只有白云知道

寂静

我担心夜晚的黑
缀满回家的路
像一根稻草
在我心头的树林旁
等待正在赶路的晨光

我担心垂涎人间的星辰
会挤满屋后的菜园
唯一可闲散之处
长满虚无的花朵

我用尽全力敲碎山林
弹奏音乐
音色开放在山坡上
每一棵瘦瘦的花
它们胆怯，羞涩，慌乱无措
在沉睡的山体上
它们要走完人生的绽放与凋谢

烦恼

望着麻雀在树梢
晒着心情
风在云的背后
推动着日头缓慢行走
天边是一处十分遥远的地方

麻雀的一生
朝着那遥远的地方奔忙
尽管命运起起落落
交付给原野
谁也不知道它空旷无垠的心情

很想把这样的情绪丢弃在原野上
让它从日光下逃脱一次
在风雨里伴随绿色
繁茂，凋零

村里，有时候太过沉默
比如古槐树，石碾
比如老人晒太阳的地方
他们的灵性在于沉默的背后

是重重叠叠的过往
孤孤独独的云烟
平平静静的故事

太过沉默的村庄
心空着，烦恼却被填满了

镜子里的我

每天，从镜子里看看自己
能否从镜子里
走出来
这条途径
近在咫尺，却在镜子背后的
遥远

有一天，我终于想剖开镜面
看清自己的面目
镜子碎了
我也破碎了

破碎的我，能否
重新回到镜子里的我
我一直这样想

岸

心头那道岸
不停地生长
刮去像胡须一样的丛草
来年又茂密无比

立于此岸
遥望彼岸的故乡
一水之隔
一步之遥
许多年却没有再沾上彼岸的尘埃

心头那道岸
是一双陈旧的布鞋
一间破旧的老屋
是母亲立在村头
轻轻呐喊
子辈们回家吃饭

读书

我读书
与生活没有关系

把书装进背包里
那份重量只有自己知道

书，要放在夜里读
读读童年的夜空
在繁星闪耀的远方
寻找属于自己的那颗星光

或者，有月色洞穿你的身体
你并不知道

行走在路上

来时的路，仅
剩下脚印和匆忙

我不想做一只蚂蚁
为一粒米，一生都行走
在路上

其实，我的心早已化作
一片落叶，被遗忘
在小路旁
每年，我都有一些意外之想
一个秋季的午后
在小路旁
无意寻找到往昔的足迹

远走他乡

故乡的佳肴盛宴
不仅仅是猜拳游戏
醉卧于石碾旁
一场酒写入一场滂沱雨
一件破袄裹着一场风月
行走于村口的叫卖声
我怀疑是拐卖自己的贩子

我不再沉迷于故乡的酒色
来自颓废的逼迫
一道闪电轻轻揭开窗纸
不远处通向远方的洞穴
架空了束缚我好久的思绪

我常坐在柿子树下
数算被遗忘枝头的几颗星光
红色的心思孤悬于天空
那一点点的渴望
期许你在收割时，把我摘进你的箩筐

远涉

每次舍下炊烟升起的清晨
像车轮粘着大地
纵然插上翅膀
一个轮回以后
依然回到炊烟漫舞的黄昏

小草在春风里舞蹈
穿越了雪域的封冻
一次生命的考验
仿佛酣睡了一场
凋零的枝叶化作一缕清风
让那朵白云慢慢滑过苍穹
开始一生的远行

在冬天与你相遇

把你堆成雪人
希望在朔风里安静下来
围上春天的阳光
别再远走他乡

不要嫌弃故乡的屋檐
悬着的心像冰凌一样透明
今夜我踏雪而来
用这洁白雪花做上一床嫁衣
为我们的小屋挂上帷幔
即便喜鹊清晨不来报喜
我会给你披上几片雪花
温暖你被冻僵的身体

不想与你在春天相遇
春天的花香会淹没你的美丽
我们都是从遥远的冬天而来
习惯了雪花的馨香和飘逸

一群来自故乡的麻雀
带来无垠的雪原和山边那缕雾岚

依偎在你我身旁

这不是我的幻想
茫茫雪原，你我相守凝望
你在此岸，我在彼岸
这条溪流穿过你我心头
悄悄把今冬融化

曾经

我曾经翻越田野，游历
阡陌，体悟自己的渺小
从来的悲伤，喜怒
贴上少年情怀
无拘无束
如迷途的蜻蜓，跌跌撞撞
起起伏伏

我曾经清风洗面
仰望皓月星空
数，山脉奔走远方的气度
为衰老而走红的一片柿叶悲喜交加
秋天，在我的发间生长苍茫

我曾经
垂慕厮杀疆场的杨门女将
那些卸去浓妆花翎的戏子
迈出那个锣鼓激扬的露天舞台
依然存放着乡亲热切的眼神

在腊月某一天感悟寒冷

行走于季节末端
阡陌上摇晃着孤单
闻见村庄沉睡的鼾声
寒冷抒写空旷和辽远

某一天，腊月失去了门
剩下篱笆强装着围墙
任朔风扬起一片枯黄
在瑟瑟中奔忙
回味春天曾经茂盛的历程

村庄像一张苍白的面孔
炊烟没有了往日的繁忙
冥冥中与父辈做一番商量
让村口的老槐树
佑护远行的人们
在行走与停顿间
还有些许星光可以仰望

失眠

夜晚，是睡眠的日子
有许多还没有理清的头绪
喜欢在梦乡走动
在那根绳索上散步
在眼睑上舞蹈

于是啊，睡眠的日子
被痛苦的享受占领
失眠多了，人
仿佛在高高的山顶上
想，山的远方是否还有山呢

离开

离开田野，它会想我
从小在它身体里奔跑
它对我的情感
源自秋天
犁出翻飞的泥腥
播下生命的种子

在我庄严的梦里
一颗空空荡荡的心
想对天空呐喊一声
它总是一副冰冷的表情

有时，它心事重重
有时，我似醒非醒

旅途

前方未知的远
要多少光阴流转才能成为旅途

早已打算好的去往
总是成为被忽略的梦乡

车窗外，声震万籁
而倒下去的原野
如同思绪飞升，是欢愉

心中的向往
与梦里的远方
不谋而合

去往哪里已不太重要
两手握紧光阴
再也不会多出什么

趁阳光和煦
蓄起胡须吧
长的胡须，云的远足

倘若那些陈旧的布衫尚在

我没有一件拿得出手的旅行箱
素白的包裹
我早已厌倦的情绪
装上它会有多少不开心

只穿一双布鞋的出行
才叫旅途

玉碎的雨珠

在春天，你
为何以玉碎的方式
来赴一场
人间柔美
滋润泥土芳香

天宫可有你的家人
如此高贵的门庭
缘何恋上
草屋袅袅升起的炊烟

我羡慕森林葱郁
伤感不能化作绿叶
呵护你短暂旅途
丰盈你纯洁内心

等我再次
倾诉于大地
相比春天的痛
秋雨深沉而苍茫

但我不后悔此刻的选择
在这样的季节
倾听，来自
渺远的天界
分割我思念的雨丝
在
霞光升起又落下的远方

第五章

无非相忆

拐弯处，有一间茶舍

紫砂壶泡出一缕阳光
味道浓郁
浓郁的还有一壶普洱里的夜色
挂在夜空的建盏，留有茶的底香
在拐弯处
左拐和右拐都能听到茶的私语

在茶舍的一角，翻开书
一页一页地看，窗外
一座山就是茶的故乡
一杯茶就是一朵云，飘在
茶山的梦想，采茶姑娘
在书里凝视我，我嗅着茶香

每天，我陪着阳光在茶舍
看爱的人
在对面是否落座
我温存的目光
停留在每一片叶子上
也停留于过往

我是坐你对面喝茶的人

对面的座儿空了好久
上午阳光偶尔光顾一下
问我心该放何处
如果，你真的有心
就在杯底存一点点香
让那香
留在茶舍等我

我知道，你故意
让我去想空座上的人
三只蟾安静地聆听你我的对话
我看出它们没有跳走的意思
于是把我想对你说的话
放入茶罐
等你来听

我没有太多渴求
你来与不来
我的守候都是空的
我的空是茶禅的空

我与茶宠相守茶舍

它们巴巴地望我的眼神里
是有茶香的
那蟾，那龟
和一对相恋的情侣
它们整天在茶台上行走着
我知道，它们舍不下这里的茶香

这棵莲，已走出了荷塘
怀着身孕，依依不舍莲子

其实，我从不招惹他们
我已识破它们的灵性
一只来自千年河道的蟾
一只隐藏万年的龟
安静地趴在茶台方寸之间
是何等神秘的事情

我用心品尝每一口茶香
不与众宠们搭讪
我把想好的诗句
均匀地安放在茶香里

从不让它们知道我在写什么

这对情侣手牵手
我看出它们出走的目的
它们一定是在嫌弃茶台空间
或者，在我的诗句里
闻到了新的茶语

与一泡大红袍对话

你泡上我
就离开座位
让我辛苦地等你
来品尝我

我耐心等待午后的时光
你就这么泡着我

你说我的香
不适合清晨的阳光
雨前毛尖的嫩
是我搀扶着露水走来的
新娘
倘若新娘喜欢你这大红袍
我会倾尽所有，租下武夷山
或者搬来一片海
再泡上武夷山一亿年
让海水不再苦涩
让你的身价不再昂贵

好吧，我静静坐在茶台前

再等上你一亿年
等你和海水一起归来

想念一个人

从来不会告诉别人
我想念一个人
像一块落进深潭里的
石头
哪怕浑身长满绿苔
也不飞出水面

那过路的群鸟
远去的蝉鸣
我知道
它们都是信使
像一片落叶
顾恋
那棵老槐树
走走停停

我曾经，守着
夜空为流星
送行
瞬间的闪耀
曾点燃一座村庄的羡慕

那轨迹至今在我的心里
澎湃如海，思念如海

一个写诗的女孩

我不认识她
偶尔在刊物里
看见她的眼睛

她的眼睛里
有一行我不曾
读懂的诗句
那句诗常随白云
行走
在天边让我望见

我不认识她
偶尔在街头邂逅
她的身影
是一股清风
瞬间，消失在我的记忆里

有一天，我发现在她的眼睛里
开出桃花的颜色

遇见你

我一直在埋怨
是谁开辟了那条小路
心中的疑问
向小路的深处延伸

如果，没有那条小路
你会在小路的另一端
用山顶上滚落的余晖
照射到我的身边
让一只会说话的麻雀
在空中为你划开一条通道
把花香捎给我

如果没有那条小路
我会在小路的这一端
像雪花一样，黯然落下
我用溪水掀起的浪花
为你打包成一束盛开的鲜花
却在小路吹过的清风下
故意遗落几片破碎的花瓣

遇见你

雪花已经开始飘下

那条小路上的故事

渐渐被融化

每一朵雪花，都有可能

是你要说的话

短暂的远行

你转过身，把我收进笑容里
笑分成了上阕和下阕
我被安排在开始和结尾的音色里
这是你远行前夜的一次短暂行动
你贴近我耳旁透露将远行的秘密
我惊讶，一只白色蝴蝶
等待起飞的惊蛰

后来，你告诉我
小溪有多宽，你就飞多远
你心中的远，让我明白了
短暂的远行
我在小溪对岸的林子里等待
那缕清风的召唤

我在你瞳孔里舞蹈

你不会相信
我跌进你的瞳孔里
会搅动五月的麦浪
锈钝的镰刀，似难割舍的故事
大地顿失锋芒

难以抚平越来越辽阔的话题
把我缩小 N 分之一
在毛细血管编织的网络里
神游

那一天，你的背影

那一天，你的背影
很轻淡
像一幅素描画
在纸上行走

你的身影，很瘦
想拉住你的手
一起行走
我却在纸外徘徊

那一天，你的背影
在秋色里
沉淀
一片梧桐叶跟在
你的身后
我知道，它们的到来
你会更加匆忙

那一天，太阳不想落山
你用背影告诉我
你将跟随那轮红日

坠落山崖

把整座空荡荡的山谷

留给我

带泪的短信

飘来一条短信，手机
疼了一下
短信拖着尾巴
手机拉长了面孔

我看见有两行眼泪在天空行走
赶往短信到达的地方汇合

短信源自另一个身体
发短信的人来自天空之下
我知道，她在伤心
用泪珠一字一字串成
悠长的花环
戴给陌生的人欣赏

我要让流星引你回家
原野移动的萤火
不是万家灯火的阑珊

我要告诉发短信的她
你的眼泪正在穿越星空

星光的温度
正缓缓解开衣怀
迎接另一串泪珠

转身

这个瞬间
漫长到一个世纪
许多人在笑
笑，我们回来时
如迷途羔羊

我在你瞳孔里舞蹈
那么小的世界
能容下我臃肿之躯
实属不易

转身
在无数个人生的瞬间
而后，素不相识

想念一个人

谁说星星是睡意的引子
月光是水织成的锦帛
奔走的思绪总是
在你的身影上闪烁

我迷失在昨夜的原野
遥望你背对着的村庄
任凭我如何地呼唤
那盏微弱的灯光
抒写着村庄的孤零和静寂

你在何方
清风捎来你的讯息
夹着北方某个城市椴树蜜的清香
已是初春时节
柳絮即将带上它的梦想
飞翔
你是否也在想我
是飘来的椴树蜜的清香
提醒我，你在远方

不管你是否想我

即将融化的雪花

落在我的胸前

闻一闻淡淡的月色

看着你贴在月光上的影子

摸一下溪水的声音

还是没有你丝毫的痕迹

我顿时失望了

爬上那座摩天高楼

眺望

那朵飘来的雪花

是否真的要融化

你是否渴望

远方的我是不是还沉醉在梦乡

相遇

我们相遇在秋叶
飘落的途中
隔岸相望
内心的呐喊
谁也未曾明白

我们相遇在雪花
绽放的瞬间
茫茫原野上
印着一串足迹
不曾分辨你我

我渴望着从山顶上
走来的是你
你梦想着涉过那条河的
是我

就这么遥望着
越过那道梁
迈过那条弯曲的小路

我们相遇在春风

刚刚飘过的春天

绿色开始在你我

心间狂长

掀过雪花飘零的那一页

忽然明白牵手

远在天涯

心在彼此

我认识这样一位女孩

收到一条短信
她在遥远的地方看我
看我像落日的余晖
把她居住的断墙照斜了
说我像清晨的一缕阳光
把遥远之外的她温暖

我目视远方，寻找
被我温暖的地方
只有一棵白杨树在原野上守候清凉

于是，我翻开所有的短信
等这样一位女孩
她在遥远的地方等我

我和你

我前世的影子
如尘世的浮华
如海水潮起潮去

你不应与我相遇
浪花打湿眼睛
你的背影上总有烙印

粉红色的运动衫远远地
燃烧
晚霞掉落海里的瞬间
海面平静如常

等你

在秋天，回过身
望见你在一坨树荫的衣襟旁
张望，清风
掀起我的一缕发丝
和眼睛里的爱意

约好的，在海边等你
一起倾听涛声
在大海里永久不散的魂灵
满地的沙子被你扑在怀里
疯狂地亲吻

午睡醒来的宠物
依偎在阳光放弃的角落
我手握半张寻你的车票
在站台上目送嚼碎的光阴

你说，秋风是轻的
窗帘沉重
被称量过的爱情
像月光洗过的云彩

行走于天空

离我们却很近

等你，是梦里说过的一次呓语

你信吗

我是，秋天里最后那颗露珠

你是，秋天里最后那片枯叶

你

你是迷人的虫儿
在我的血液里行走
闭路循环的奔忙中
要逃出我的身体
谈何容易

你是蚂蚁
每天搬动我的神经
让我陷入思念的困境
我想和你做一次长久的交谈
把感受说给你
不要掀开衣襟
那掩藏着的秘密，会不胫而走
挫败勇气和胆量

你是一片飘落了很久的绿叶
在季节的尾声里感叹
这与你的温柔无关
眼神里的光芒
打动了我脆弱的心肠

你是一只善良的蝙蝠
从不厌烦黑夜
带我走进漆黑的小屋
是不是想给我交代什么
没有星光的夜空注定要吃掉
这些制造黑暗的墙壁

你是我梦的发起者
搅动夜晚安宁的棍棍棒棒
你当主角，我做配角
收好你的浅色欲望
衣衫里弥散爱的嗅觉

你像只高空荡漾的风筝
那条拴住你的绳索不知在谁的
手中紧握
你说大海无边，山脉绵延
却未看到山里游荡的过客
我，在山的这边
还是你的那边

我从没有过高声喊你
一万个的存在
就有一万个的你
这样颓废的夜
瘦到月亮爬到了山冈

带上你的心离开

离开时
带上你的心
暧昧的气息，就像即将
到来的夏

原野，被风吻过
与雨水一次次拥抱
留下痕迹

你知道吗，草木有心
秋风摇落一粒种子
春风唤醒一树花开

而雪花之花
盛开于苦寒
雪花之香
在你没有离开之前
总是，那样温暖

二十天，你去了哪里

二十天的心情
像星光陪伴月亮
湖边散步
或者，你在千里之外的某个城市
蜗住

我四处打听你的踪迹
像流星拖着长长的尾巴
等候
远行的消息

二十天，你去了哪里
所有的心情伴你而去
或许，你站在我的身后
捉着迷藏，熬过
二十个冬日的午后

二十天，你去了哪里
或许，大雪封住了山路

我没有想过要为你哭泣

而是蜗在城市的
某个角落
默默为你祈福

二十天，到底有多少风尘
能让我们回到过去

第六章

尘香如故

我想在三亚湾的海边走走

在三亚湾的海边
能望见天和海接吻的地方
能听见浪花
盛开的消息

我想在三亚湾的沙滩上走走
聆听喧嚣过后海浪
拍岸的节奏

一条渔船在海的心里
飘荡
船上有人吗
我问自己
问从我身边走过的人

海边的沙滩很软
经常有沙子在鞋子里
偷懒
你与海水相交
很远，很远

我想在三亚湾的海滩上走走

如果有人问我

遇见了什么

我会告诉他，东边日出，西边雨

我知道你在三亚等我

早晨起来，我的左眼跳了三下
我知道这是海水拍打海岸
只是遥远
我没看见

你抓起一把沙子
让风朝着我的方向
吹
我闻到你带着咸涩的吻
然后，一把沙子
轻轻放在我的门口
离开时，我看见一张微笑的面庞

我知道，你在三亚等我
一张机票，会穿着厚厚外套
等待起飞

三亚听涛声

无论哪一处海边，送去的
涛声都是一样的动听

无论哪一粒沙子，都在阳光下
释放着光芒

无论哪一双脚印
都散发着一段回忆
让心情在波涛起伏的地方
沉下去
让日光在海天相接之处
停顿
让思想在岛屿相连的地方
郁郁葱葱
乘上游艇去寻找波涛出发点
让涛声载着心情远行

送别朋友

为你送行的酒里
多出一道滋味
没有打扰菜肴的丰盛

我不去想窗外的春光
或有
一只远方飘来的蝶
用纯朴的微笑，陪伴你

送别的茶
没有泡出想说的话
而你眼神里的痴情
是久久不肯散出的清香

送你一期杂志吧
让它陪伴你的寂寞和空虚
不用去想为什么
在你的行囊里
早已盛满叮咛和嘱咐

烟尘下的我们

月光下的我们

会披着一身的皎洁之光

拣煤块的小姑娘

她的到来
让矸石山高大了许多
在她的眼睛里
这座矸石山是她的生命
随时准备燃烧

她常想，在这座矸石山上
哪一块是父亲挖出来的
她在寻找一块沾有父亲气息的煤块
把它放在自家的煤堆里
给家一些温暖

冬天里，雪
在她的发梢上开放
她站在矸石山前发愣
厚厚的一层雪花覆盖
她的心头
雪花会不会化作
一泓细流
冲刷人间所有的阴霾

终于，有一天，她发现了
不同于矸石的黑色
透着光亮
像黑夜里父亲的一双眼睛
久久注视着自己

有一个叫老李的人

本来约好的，今晚

你请我去喝咖啡

我在夜晚的风中，通往

咖啡馆的巷口徘徊

你却在开往东北某个小城的火车上

发来一条短信

浇灭了一团刚刚燃起的火焰

我常想，老李

我们是朋友吗

友谊的天平上

已经落满了尘埃

如果，脚印能够拣得起来

在通往你家的巷子里

那个背着箩筐拾荒的人

那个踏着一片落叶

沉默的人

在岁月的某个边沿

轻轻地弯下了腰

老李，你是否想过
在你常常经过的小巷
即便是雪花飘零的冬夜
那些无故的雪花
为何紧紧相拥在一起
在它们扮亮的天空背后
那些可怜的星星，在
暗自伤怀

为朋友 90 岁的老父亲过生日

那天，老人脸上的笑
都是子女们堆出来的
那时，我在想，我的父母
一定在另一个世界里笑
但，父母的笑
不是我们做子女的堆出来的

90 岁，叹口气的光阴
他的华发已经在
儿孙的两鬓长出来

这个瞬间，我发现
那么多人的笑容
掉进了一杯杯交错的酒里
几颗感动的泪珠
被散发的酒香
吞噬了

你是不是庄周

你不要介意树下的那张床
一席之地
足够你睡上一辈子，或者
让一片片落叶在你的梦里
翻腾

你还是在意醒来时的感觉
总是把梦看得很轻
其实，有梦的夜晚才算浪漫

既然你痛恨失眠的无奈
为什么不在自家的小院里
栽培一株催眠树呢

你失眠
身旁的那棵树也在失眠
它把火辣辣的阳光
拒在千里之外
把秋风引来
那只绕着你飞来飞去的
蝴蝶，翩翩起舞

落在你的怀里

俨然把你当成了

庄周

我想与孙少平说说话

放下手中的《平凡的世界》
心，又回到平凡的世界
少平，你还好吗

亲爱的少平，你还在大牙湾煤矿吗
你还常常去看望惠英嫂子吗
或者在惠英嫂子家里大醉一场
在缺少男人味的土炕上
享受一下孤单的温暖

我很羡慕你和晓霞的爱情
那份纯真、纯洁、纯粹的爱
让我无数次落泪
我恨上苍，恨上苍的残忍
恨上苍徒有无垠的天际和深邃的夜空

你可曾记得与晓霞的约定
黄原古塔山上，那片小树林
那翩翩飞舞的白蝴蝶
你们一起沉默，一起俯瞰荒原的
纵横交贯

一起让心随湛蓝的天空白云飘飘

少平，你何时再回双水村看看
波光粼粼的哭咽河有你苦难的记忆
苦难激起了你人生的斗志
苦难点燃了你正义的激情
苦难使你把苦难活成了幸福
双水村是你的根
你即便是在天涯海角也能根繁叶茂

少平，有件事要问问你
你亲爱的爸爸玉厚老汉，二爸玉庭，哥哥少安
妹妹兰香，你的同学金波、润生，还有爱着你的金秀
他们都好吗
这些平凡世界里的芸芸众生
可都是你一生的至亲

少平，你的人生也是我们的
平凡世界里有太多的宿命与相像

乒乓球友

这些球友
输球时会郁闷
赢球时高声呐喊
输赢之间尽显率真

闲暇时品茶，论球
有时，一碟花生米
二两二锅头
我用浓重的乡音
再念上几首诗
为生活增添些许欢乐

这些球友
常常相互牵挂
感叹时光荏苒
人生苦短
唯有赛球的风采
依然让青春常在

朋友

酒桌上，你拉着我的手
说，我们是朋友

那时，月亮躲到乌云的身后
因为这句话，那个夜晚
我没有醉
也没有睡

断桥

寻找不到断桥
是我眼睛被蒙上布纱
是我迟钝的心智
还未能开化

白娘子的花伞明明在
堤岸上舞绿春柳
徐步移来的她
神情依旧，面色姣好

我这嗜酒如命的醉徒
闻不见段家酒坊的酒香
却在晨雾浓浓的西湖边
追寻断桥的故事

无论如何，我
都要寻着断桥
有那把细碎的花伞做伴
这样的细雨霏霏
这样的大雨滂沱
在某个茶馆

煮一壶西湖水

品一杯龙井茶

悄悄地等

瘦西湖，一定是

白娘子，十里长提

每一座都是断桥

苏堤

这堤，很长
长得穿过宽阔的湖面
穿过历代，游人匆匆步履
若时空长廊

这堤，有味儿
是段家酒坊沿着湖面
飘来的酒香
是苏老夫子酒醉湖塘
仰天笑吟
诗词歌赋的美好韵腔

驻足苏堤
我久久凝望苏老夫子
洒脱倜傥的背影
念上两句
渐见灯明出远寺
更待月黑看湖光

其实，我在等待
等待，苏子突现

苏堤上

有段家小烧

有龙井茶茗

你来，我们坐下来

畅谈对饮，可好

鄂尔多斯的夜晚

鄂尔多斯的天空
被风洗过
星光落在鄂尔多斯的
大街小巷

谁把草原的草搬到
道路两旁
灯光生长在草丛中间
把天空照亮

谁把草原上的风请到
这座 30 层的高楼旁
把这座西北小城吹进了
灯光的海洋

鄂尔多斯的夜晚
有些阴沉
刚刚走进秋天的深处
谁就把第一枚雪花
从天宫撒向
鄂尔多斯的晚宴

某处广场

它的名字躲在夜幕身旁

在这个灯比人多的地方

星光显得格外

浅显

一个人行走在鄂尔多斯的大街上

像乘着一艘巨舰在无边的

海洋上

用双手随便抓住一束

灯光

都会照亮前行的方向

鄂尔多斯的天空

被风洗过

那片飘来的雪花

注定要在这片灯光的海洋里融化

鄂尔多斯的早晨

鄂尔多斯的早晨
是被风吹醒的
有昨天的风
今天的风
还有明天的风
风把太阳从地平线上拽出来
把阳光扯到楼的半腰处
在楼与楼的夹道里捉迷藏

鄂尔多斯的早晨没有早餐
早餐跟着风在道路上行走
道路上仅有的是风在行动

风踩着阳光的足迹
爬到楼上一扇开启的窗口
窗口露出一张陌生的面孔
那面孔在阳光下
十分灿烂

智能车间外的阳光

我并不相信春雷来自天空
阳光算计
我旋转的心率

在智能车间
数字在云间布出阵
充当破阵先锋的
曲线冲起抛物线
缓缓落入谷底
音乐在加工中心的心中唱响

一个封闭的小屋
为何紧圈着远在故乡的月光

绿色热血沸腾
有时液压油润滑油
在它们芬芳的海洋里
供养我的灵秀之气

仰首间金字塔节节成长
光芒是那些人间精英

悄悄迁徙着的驿站

我揣摩，响雷般
转动的庞然大物
它们，飞扬着
春光烂漫般的心绪

它们自律地
被约束在小小的
另一根神经里

在这轰鸣声被制伏的空间
我不该为人类担心

也许我那多余的眼泪
来得不是时候

一缕阳光，多愁善感地
在车间外涂抹人间黑白
勇敢的人们，你们
都在想些什么呢

夕阳下的矿区

那些烟囱长在
夕阳的红里
像冬日原野上的枯树
没有笑容

夕阳从不顾恋远处的矸石山
即便有丝丝笑容露出
在夕阳的眼里
它还不能称为山

血脉相连的棚户区
在狭窄的胡同里流淌
灰暗，低沉，那一缕阳光的情怀
留下了斑斑点点的记忆

远处挣扎着几幢高楼
悄然兴起时
棚户区兴奋了几个夜晚
鞭炮声撞击了飞过天空的鸟雀
它们哪儿是惊慌啊
明明是在寻找新的窝巢

从棚户区到矿井的距离

从棚户区到矿井
这段距离，我曾用脚步丈量
用父亲的话说，一袋香烟的工夫
可是，我用一生的时间未能行走到尽头

如今，曾经栖身大半辈子的住所
要长出许多高楼了
此刻，站在楼顶往下看的人
看到在那条路上行走的许多人
他们像一群蚂蚁在干枯的树干上爬行
井架上转动的天轮
转动着
把生活与生命的距离
转动得很近，很近

清晨，矿井在一缕阳光里孤单着
在它寻觅的眼神里
这片根络相连的棚户区已经
烟消云散

从棚户区到矿井

父辈们脚下走出来的一切

如今，仅剩下了距离

只有，夕阳涂染的红色

愈染愈浓

弹弓射向爱的人

行走在前面的女人
怎么知道我瞄准目标时
蹑手蹑脚的颤抖

我瞄准她和悬在心间的白云
倘若是她设下的陷阱
那我费尽心思追寻爱情
她还会这般从容吗

我试探弹弓的力量
有多少未曾触摸的记忆
假如离弦的箭　裹着
巧克力的香
疼痛是否打湿掀开衣襟的风声

假如　拉成弯月的弓
是爱你必须备下的武器
这爱　像月色下要离弦的利箭
或许你承受的伤痛
胜过安慰过你的云彩

若是寻觅那只要飞走的蝉
在万千垂柳之中
分辨柳枝舞动的妙姿

我不是站在树下
手持弹弓追寻幸福的少年
幸福是什么　从不问自己
这么深奥的问题

在前面行走的女人
我拉开弹弓即将发射爱的瞬间

后记　故乡永远是我创作的源泉和动力

我从小到大在农村生活，常常站立村头眺望远处的巍巍太行山脉和川流不息的漳河水。春暖花开的季节，房前屋后，垂柳婀娜，白杨吐絮；夏天蝉鸣声远，原野郁葱盎然；收获的季节里，低矮的屋顶、谷场上到处是晾晒的玉米棒子、谷穗和豆类，这些谷物的清香飘满了村庄的角角落落；到了朔风呼啸，原野苍白的冬季，雪花漫舞，遍野皑皑，又是一番纯洁无瑕的景象。这些美好的乡村生活都在我的内心深处镶刻下深厚的印记。

勤劳的父辈们面朝黄土背朝天，一件汗渍浸透的衣衫披在身上不再替换。他们艰辛、贫困而心地善良，在我的心灵深处一次次掀起波澜。他们常常在我梦里萦绕，常常在我的诗行间让我激动，让我落泪。农村是我的根，是生我养我的故乡，是我创作诗歌取之不尽、用之不竭的源泉，是我热爱美好生活、歌唱美好生活的永远动力。

本小集，是至今萦绕在我心里几十年的乡情、乡思、乡愁，惟此诗、此句，才能令我释怀与坦然。故而，将此集献给我热爱的故土，献给漳河和生活在岸边的亲人们！

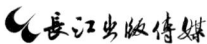

图书在版编目（CIP）数据

草木之心 / 王六成著. -- 武汉：长江文艺出版社，
2022.7
　　ISBN 978-7-5702-2557-6

　　Ⅰ. ①草… Ⅱ. ①王… Ⅲ. ①诗集－中国－当代
Ⅳ. ①I227

中国版本图书馆 CIP 数据核字（2022）第 036898 号

草木之心
CAO MU ZHI XIN

| 责任编辑：谈　骁 | 责任校对：毛季慧 |
| 封面设计：祁泽娟 | 责任印制：邱　莉　王光兴 |

出版：长江出版传媒｜长江文艺出版社

地址：武汉市雄楚大街 268 号　　　　邮编：430070
发行：长江文艺出版社
http://www.cjlap.com
印刷：湖北新华印务有限公司

开本：880 毫米×1230 毫米　　1/32　　印张：9.75　　插页：4 页
版次：2022 年 7 月第 1 版　　　　2022 年 7 月第 1 次印刷
行数：5256 行

定价：58.00 元